ELS FORASTERS DEL TEMPS

L'AVENTURA DELS VALLBONA A L'IMPERI ROMÀ

Roberto Santiago

Il·lustracions d'Enrique Lorenzo

Traducció de Josep Sampere

cruïlla

llegircruilla.cat

Primera edició: març de 2017

Gerència editorial: Gabriel Brandariz
Coordinació editorial: Núria Font i Ferré
Coordinació gràfica: Lara Peces

Títol original: *L'aventura dels Vallbona a l'Imperi romà*
Publicat per Ediciones SM

Nàpols 249 – 08013 Barcelona
editorial@cruilla.cat

ISBN: 978-8-4661- 4219-9
Dipòsit legal: B-2137-2017
Imprès a la UE / *Printed in EU*

1

Em dic Sebastià Vallbona, tinc onze anys, i ara mateix un lleó gegantí em corre al darrere.

M'empaita.

No és un lleó qualsevol.

És un lleó africà famosíssim que té nom i tot: es diu Emperador.

Es veu que l'hi van posar després d'haver devorat més de cent gladiadors.

Està a punt de tirar-se'm a sobre i fer-me miques.

El lleó duu uns guarniments d'or a les potes i té una crinera molt llarga.

Mentre m'empaita, esbatana la boca i gruny, ensenyant uns ullals enormes.

Corro com un esperitat, procurant que no m'atrapi.

Milers de persones criden i riuen al meu voltant.

–Bravo!

–Corre, corre!

–Vinga, estranger!

Estic fent voltes al mig d'un circ romà molt gran que s'anomena circ August.

Per als qui no ho sàpiguen, un circ romà és com un estadi amb grades. I amb una pista circular de sorra al centre. Els antics romans hi celebraven curses de cavalls, lluites de gladiadors i altres espectacles.

Com per exemple un dels seus favorits:

Lleons contra humans.

És un espectacle molt senzill.

Com indica el seu nom, consisteix en un grup de persones que han de lluitar amb lleons de debò.

Els deixen anar tots junts al mig del circ i que cadascú se'n surti com pugui.

Han de lluitar fins que un dels dos bàndols liquida l'altre.

Normalment guanyen els lleons, i sembla que als espectadors els agrada molt.

A mi no em sembla gaire bona idea, francament.

Aquesta tarda soc una de les persones que s'ha d'encarar amb els lleons.

Em poso bé les ulleres i continuo corrent amb totes les meves forces.

L'Emperador m'estalona.

Li noto l'alè molt a prop.

El públic crida el seu nom per animar-lo:

–Emperador! Emperador! Emperador!

Si m'atrapa, em pot devorar d'una sola queixalada. Té unes barres gegantines.

Estic esgotat de tant córrer.

Ja no puc més.

Veig una cosa al meu davant, un objecte metàl·lic: un escut abandonat a la sorra.

El lleó gruny, està a punt d'atrapar-me.

Em tiro a terra, desesperat, cap a l'escut enorme. L'aixeco amb totes dues mans.

En aquell moment, el lleó se m'abraona amb les urpes i els ullals afilats...

Em giro i em tapo amb l'escut.

I l'Emperador s'encasta a l'escut que acabo d'aixecar!

Rebota i cau a terra amb una terrible esclatarada.

Jo tremolo sota l'escut, però resisteixo.

La gentada es posa dreta a les grades i aplaudeix, enfervorida.

Estan entusiasmats.

Ha estat una bona maniobra, ho reconec.

L'alegria em dura poc, però.

En un tres i no res, el temible Emperador es torna a posar dret. Sacseja el cap. Es refà de la trompada i es disposa a atacar-me un altre cop.

Em clava els ulls ferotges. No sembla que tingui gaire bones intencions.

Potser podré defensar-me una altra vegada amb l'escut.

No ho veig gaire clar, però.

El lleó obre la boca i deixa anar un grunyit esgarrifós que fa retrunyir les parets de pedra.

–ARRRRRGGGGGGGGGG!

Em sembla que en ma vida no he estat més espantat.

M'empasso la saliva, llenço l'escut i faig l'única cosa que se m'acut en una situació així: arrenco a córrer.

Els crits i les rialles dels espectadors redoblen.

Saben que s'acosta el final.

Ja senten l'olor de la sang.

Provo de fugir amb penes i treballs.

L'Emperador m'atrapa en quatre gambades i em passa volant per damunt.

Es gira i em talla el pas.

M'aturo al seu davant.

Ens mirem.

Al circ es fa un silenci absolut.

Milers de persones ens contemplen, esperant que el lleó em clavi una urpada, una queixalada o el que sigui.

Ara sí que no tinc escapatòria.

En aquell moment, enmig del silenci, un soroll crida l'atenció de la fera.

És un so que conec molt bé.

És possible?

És el meu telèfon mòbil!

Em truca algú.

El lleó queda desconcertat. Mai de la vida no ha sentit res semblant. Igual que els milers d'espectadors. A l'Imperi romà

no existien els telèfons, per descomptat, i encara menys els mòbils.

Em fico a poc a poc la mà a la butxaca dels pantalons.

I en trec el telèfon tronat Sephorosa 9.0.

Increïble.

Està sonant!

Allà al mig.

Miro la pantalla i hi veig un número desconegut.

Per fi contesto, després de deixar-lo sonar unes quantes vegades.

–Digui?

–Tià? Es pot saber on pares?

–Però qui és? –pregunto.

–Que qui soc... Que no em coneixes? Soc el teu professor de matemàtiques de l'escola, i també el teu tutor, el senyor Anselm... Fa tres mesos que has desaparegut i no contestes les trucades... Et sembla bonic?

–Bona tarda, senyor Anselm –dic–, és que ara mateix estic una mica enfeinat.

–Ni se t'acudeixi de penjar! –exclama ell–. On s'és vist! No vens a l'escola i desapareixes sense donar explicacions. Això no pot quedar pas així, jovenet.

M'adono que la gentada que ocupa les grades del circ August escolta la conversa mentre m'observa amb els ulls esbatanats.

Fins i tot l'Emperador sembla atònit a la vista del telèfon mòbil.

–Perdoneu –provo d'explicar–, és el meu professor de matemàtiques... de l'escola... el posaré en mans lliures perquè el pugueu sentir més bé...

Engego la funció de mans lliures.

–Digui, senyor Anselm...

–Però què vols que digui? A què jugueu, si es pot saber?

En sentir la veu que surt del telèfon, els espectadors prorrompen en murmuris de perplexitat.

El lleó fa un altre pas cap a mi.

I encara un pas més.

Em quedo ben quiet, sense bellugar ni un múscul.

Sento el senyor Anselm a l'altra banda de la línia telefònica.

–Sebastià Vallbona? Que encara hi ets? No se't deu haver acudit de penjar, oi? Però què són aquests sorolls...?

Estic a punt de contestar al senyor Anselm, però el lleó fa un altre rugit. Em sembla que està a punt de devorar-me.

Decideixo no fer ni dir absolutament res.

L'Emperador obre la boca enorme.

Se m'acosta molt.

I d'una mossada...

Engoleix el telèfon mòbil!

Un ooooooooooooooooh recorre la grada.

Però no s'acaba aquí, la cosa.

El lleó torna a obrir la boca.

I de l'interior en surt una veu:

–No t'ho penso repetir pas, Tià! Contesta ara mateix!

Abans de continuar, valdrà més que expliqui com he arribat fins aquí.

No visc pas a l'època de l'Imperi romà, jo.

Ni vaig cada tarda al circ August.

En realitat, soc d'un poble de la província de Barcelona: Badia del Vallès.

El que passa és que...

Ho diré sense embuts:

He viatjat a través del temps.

Ja sé que pot semblar una mica estrany.

Però és la veritat.

Ni jo mateix no ho acabo d'entendre.

Va ser un dia que vaig anar al supermercat més gran del barri, que es diu Dues Torres, acompanyat del meu pare, els meus germans i les meves veïnes. I mentre en sortíem amb unes bicicletes que acabàvem de comprar, de cop i volta ZAS.

Es va girar una tempesta amb llamps i trons.

Tot va passar molt de pressa i, sense saber com, vam entrar en un forat negre i vam caure en el buit.

De seguida vam aparèixer en un poblat de l'Oest, on vam viure un munt d'aventures.

Al cap de poc hi va haver una altra tempesta i vam viatjar a un regne de l'edat mitjana, on va anar de poc que una colla de dracs no ens liquidés.

Ja ho sé, és una cosa increïble que no té lògica. Però és la veritat, tota la veritat i res més que la veritat.

Tot això que ens ha passat, de viatjar a través del temps i l'espai, està relacionat amb les tempestes elèctriques i els llamps. Però encara no acabo d'entendre'n el com ni el perquè.

El cas és que el meu pare, que és el Sebastià, i el meu germà Santi, la meva germana Susanna, la meva veïna Maria del Carme, la seva filla Maria i jo mateix, anem fent salts en el temps i apareixent en llocs i èpoques diferents.

Espero que tard o d'hora puguem tornar a casa.

Trobo a faltar moltes coses.

Fa uns quants dies, mentre provàvem de trobar el camí de tornada, vam tornar a ficar-nos sota una altra tempesta i ZAS.

ZAS vol dir un altre forat negre.

Aquesta vegada anàvem tots a cavall.

En fi, tots llevat de ma germana petita, que anava dalt d'un estruç. Ja sé que tampoc no és una cosa gaire normal, que una noia cavalqui un estruç, però és que res del que ens passa últimament no és gaire normal.

Anàvem tots sis al galop, sota el cel negre cobert de núvols, empaitant una tempesta, quan de sobte ens va caure un llamp molt a la vora.

Tot va quedar il·luminat.

El terra que trepitjàvem va desaparèixer de sobte.

Vam entrar en una mena de buit sense fons.

Vam caure.

Vam caure.

I vam continuar caient...

Fins que tot d'un plegat...

Vam aparèixer al mig d'una vall enorme, sota la claror del sol.

Al voltant no es veia res més que la terra desèrtica i uns turons.

–On som? –va demanar la Maria del Carme.

–Hummmmm –va replicar el pare, fent córrer els ulls per l'horitzó–. Diria que..., pel color del cel... i per aquesta terra tan seca..., em sembla que podríem ser a qualsevol lloc, francament.

La Maria i jo érem dalt d'un cavall blanc molt gros. Ella se m'agafava a la cintura i jo tenia les regnes a la mà.

Ara que havia après a muntar, em semblava la cosa més guai del món. Quan tornés a Badia, si és que mai hi tornàvem, potser podria ensenyar-ne als meus companys de l'escola. Tot i que, ben mirat, a Badia del Vallès no hi ha gaires cavalls, que diguéssim.

–A quina època hem viatjat, aquesta vegada? –va preguntar la Susanna, arrapada al coll de l'estruç.

–Guaiteu! –va exclamar el pare, assenyalant un ocell que volava per sobre dels nostres caps amb les ales esteses–. És preciós! Quines ales més grosses, i quin bec més maco i vermell! I sí que... si que passa a prop...!

En un batre d'ulls, l'ocell es va abraonar sobre el pare, que va mirar de protegir-se amb totes dues mans.

–Auxili! M'ataca un ocellot! –va cridar.

–Vinga, Sebastià, no siguis exagerat –va dir la Maria del Carme–. Segur que només vol jugar... Ocellet, vine aquí, maco...

Dit i fet.

Aquella au es va abatre aleshores sobre la Maria del Carme, tot obrint les ales i ensenyant dues potes amb unes urpes d'allò més punxegudes.

–Aaaaaaaaaaaaai, que m'ataca! –va cridar ella.

I de l'ensurt va caure del cavall.

–Que t'has fet mal? –va preguntar el pare, espantat–. És que no et pots fiar pas de les aparences...

L'ocell va tornar a remuntar el vol.

I aleshores el terra va començar a tremolar.

Era un soroll espantós.

Trontollava tot.

–És un terratrèmol? –va preguntar la Maria.

–Un huracà?

–Un altre forat negre?

Res de tot això.

Eren...

Sis mil soldats romans caminant tots alhora!

Una legió romana completa, amb els escuts, els cascos i les llances!

Van aparèixer a dalt del turó, amenaçadors.

Avançaven en formació, a grans gambades fermes, tots alhora.

PLAM

PLAM

PLAM

A cada pas, la terra tremolava.

Venien de dret cap a nosaltres, que no gosàvem bellugar-nos.

Darrere d'ells, dalt d'un gran cavall negre, va aparèixer el que semblava el capitost: un home amb una mena d'armadura de plaques d'acer i un casc guarnit amb plomes vermelles enormes. Tenia un nas de lloro descomunal; feia l'efecte que et podia atacar i tot, amb aquella nàpia.

L'escortaven una dotzena de genets armats fins a les dents. Un que duia una barba negra i espessa va dir a crits:

–Deixeu pas a la legió romana! Agenolleu-vos davant l'insigne cònsol Flavi Pius Galba Cassi Septimi Vitel·li, per altre nom el Falcó de Roma!

Ens vam mirar sense saber ben bé com reaccionar.

–Què fem? –vaig preguntar en veu baixa–. Ens agenollem?

–Jo no em penso agenollar davant del nàpies aquest –va replicar ma germana petita–. Per més soldats i noms que tingui.

Sense deixar d'avançar cap a nosaltres, el cònsol va aixecar el braç, i l'ocell que havia atacat el pare feia un moment, va anar directe a posar-se al braçalet de cuir negre que duia. En veure'ls junts, era evident que aquella bèstia i el cònsol s'assemblaven força.

Vaig entendre que era un falcó.

Els milers de soldats continuaven acostant-se amb passos contundents.

PLAM

PLAM

PLAM

El de la barba va desembeinar l'espasa i va tornar a cridar:

–Agenolleu-vos davant el Falcó de Roma o prepareu-vos per morir!

El pare ens va dir:

–Au, vinga, tots de genolls, que encara ens ficarem en un embolic.

–Ai, Sebastià! Em sembla que cada cop la cosa va pitjor, amb tot això dels viatges pel temps! –va lamentar-se la Maria del Carme.

El meu germà Santi va remugar alguna cosa, i es va agenollar a contracor.

–Doncs apa, a terra –va dir la Maria del Carme, baixant del cavall–. Quin remei.

En un tres i no res estaven tots agenollats.

Tots llevat de mi.

Fins i tot ma germana Susanna.

–Però que no deies que no et volies agenollar, tu? –vaig fer.

–Sí, d'entrada no ho volia fer... –es va excusar–, però si cal triar entre agenollar-se o morir, la cosa està molt clara.

Jo era l'únic que continuava dalt del cavall.

–Tià, ara no és el moment de fer el valent –em va dir el pare, tot nerviós–. Baixa ara mateix.

–Que no és això –vaig protestar–. És que se m'ha enganxat el peu.

Era la veritat.

No tenia cap intenció de desobeir els romans, i no m'importava gens ni mica agenollar-me davant del cònsol.

Però és que no ho podia fer!

Se m'havia enganxat el peu a la corretja del cavall i no podia desmuntar.

Els qui no s'hi hagin trobat mai poden pensar que no n'hi ha per tant. Però no és tan senzill com sembla, baixar d'un cavall enorme amb un peu enganxat a la brida, o com es digui.

Els milers de soldats ja eren molt a la vora. Els teníem pràcticament a sobre.

Es van aturar tots alhora, a pocs metres de nosaltres. En perfecta formació. Van sonar trompetes. I, a l'acte, diverses columnes de soldats van obrir-se per deixar passar els genets.

Al capdavant de tots hi anava el cònsol, amb el falcó arrapat al braçalet.

El pare, de genolls, va dir:

–Ave, senyor Falcó. Som els Vallbona de Badia del Vallès, i aquestes d'aquí, unes veïnes.

El cònsol ens va mirar tot sorprès, com si fóssim d'allò més rarots.

Al seu costat, el soldat barbut va grunyir.

–Agenolleu-vos tots! –va exclamar–. Esteu en presència del cònsol Flavi Pius Galba Cassi Septimi Vitel·li! I davant de la poderosa Legió del Falcó, invencible en dues-centes vint-i-dues batalles! De genolls, he dit!

Reconec que feien molt de respecte, aquells genets i els milers de soldats que els acompanyaven.

–Perdoni –vaig murmurar–, jo em posaria de genolls amb molt de gust, però és que se m'ha enganxat el peu.

–Com goses desafiar el poder dels déus i del Falcó de Roma? –va preguntar tot esfereït el soldat, amb l'espasa desembeinada a la mà.

–Si no desafio pas res, jo –em vaig defensar–, és la corretja aquesta que no...

–Silenci! –va bramar–. O et travessaré amb la meva espasa!

Aleshores, el cònsol li va fer un signe amb el cap, o més aviat amb la nàpia descomunal.

–Au, vinga, Gaius –va dir, altiu–. No et posis així, que només és un marrec espantat.

Després em va mirar de dret i va afegir:

–No l'hi tinguis en compte, noi. Aquí on el veus, el Gaius és un centurió molt valent, però el perden les maneres.

–No passa res –vaig respondre–, li prometo que em posaria de genolls ara mateix, si pogués.

–Ja t'hi posaràs, no t'hi amoïnis –va dir ell–. No espatllem ara un magnífic dia de cacera.

–Ah, que bé –vaig dir–. I què cacen, vostès? Perdius, conills...?

En sentir-me, tots els soldats van esclatar a riure alhora.

Pel que sembla, aquells homes ho feien tot de manera sincronitzada: caminar, aturar-se, riure.

El cònsol va tornar a moure el nas i les riallades van parar en sec.

–Res d'això, marrec –va dir–. Cacem... esclaus!

3

Abans que poguéssim reaccionar, ens van capturar i ens van ficar en un carro enorme amb barrots, al costat de moltes altres persones.

Era una mena de presó ambulant, arrossegada per bous i atapeïda de gent.

Els clots del camí feien que aquell vehicle trontollés pertot arreu.

–Perdó –vaig dir, fent-me lloc en un racó.

El viatge no era gaire còmode, precisament.

Vam anar avançant a través de turons i grans extensions de terreny desèrtic.

–Però totes aquestes persones són esclaus? –va preguntar el Santi, que estava mig esclafat en un cantó del carro.

–L'Imperi romà –va explicar la Maria–, era un sistema esclavista. Els grans senyors feien servir els esclaus per a tasques domèstiques, per a la neteja, per conrear el camp o per treballar a les mines. Els esclaus que tenien cultura també els utilitzaven per a l'educació dels fills dels senyors.

–Doncs jo no seré l'esclava de ningú, espavilada –va protestar la Susanna–, ja us aviso.

–És clar que no, reina –va dir el pare–. Ara convé que els seguim la veta i provem d'entendre els costums d'aquestes persones abans de prendre cap decisió. Tingueu en compte que som molt lluny de casa i que no sabem quines intencions tenen...

–No xerris tant i aparta't, toixó! –va exclamar un paio calb molt grossot, empenyent el pare–. Et penses que el carro és teu?

El pare es va girar amb un somriure.

–Perdoni, bon home, que es dirigeix a mi? –va preguntar.

–Jo no soc cap «bon home» –va respondre amb cara de pocs amics, com si s'hagués molestat molt–. Soc Màxim el Colossal, jo.

I sense més ni més, va engrapar el pare per les espatlles... i va estampar-lo contra els barrots.

–Escolti, vull que sàpiga que soc un agent de l'autoritat –va insinuar el pare–, concretament policia municipal...

El tal Màxim, però, no va deixar-lo acabar.

Va fer un crit esgarrifós.

–Aaaaaaaaaarrrrrrrggggggg!

Va agafar el pare pel coll i va alçar-lo enlaire.

La gent del voltant va haver d'apartar-se.

El meu pare és bastant corpulent i, encara que no està bé que ho digui, fa una bona panxa. No obstant això, aquell paio gegantí el va aixecar com si fos una ploma. El Màxim tenia una força descomunal, semblava capaç d'alçar un grapat de persones amb una sola mà.

–Què són aquestes paraules tan estranyes que has dit? –li va preguntar.

–Mmmmmmmmmmm –va murmurar el pare, sense poder articular cap paraula.

–Perdoni, senyor Colossal –va intervenir la Maria del Carme–, si li estreny tan fort el coll, no pot parlar. Potser si afluixa una mica...

–A mi no m'agrada afluixar –va respondre ell–. El Màxim prefereix estrènyer i estrènyer!

–Ja, és clar –va insistir ella, provant de ser amable–, a primera vista és més divertit estrènyer, però si no el deixa anar... l'ofegarà, i així, vulgues no vulgues, l'acusaran d'assassinat. Miri que hi ha una colla de testimonis. I després segur que tindrà remordiments. A més...

El Màxim va girar-se cap a la Maria del Carme i va mirar-la de dalt a baix.

Ella es va empassar la saliva.

–És el teu marit, ell? –va preguntar.

–No, no, és un veí i prou –va respondre ella, nerviosa–. Jo també et tractaré de tu, si no et fa res: deixa'l anar, si us plau, que el pobre s'està posant vermell! Que no ho veus?

–Grrrrrrrr –va fer el pare, que espeternegava desesperadament i ja tenia un color molt lleig.

–El deixaré anar... –va insinuar el Màxim–, si et cases amb mi.

–Quèèèèèè? Però això no pot ser! –va protestar la Maria del Carme–. Com vols que em casi amb un desconegut? Si encara no sé on soc ni qui ets!

–Si tu no cases, escanyo veí bigotut –va sentenciar el Màxim–. Tu mateixa.

Tots els que hi havia en aquell carro assistien a l'escena, bocabadats.

–Que no em caso, jo! –va tallar ella–. I s'han acabat les bestieses!

–Però, dona, què et costa? –hi va intervenir un ancià, del fons estant.

–Vinga, casa't amb el Màxim, que és un bon partit –va dir una dona carregada de quilos des de la porta del carro.

–No siguis ruca, casa-t'hi...

–Que s'hi casi! Que s'hi casi!

De mica en mica, tothom s'hi va anar afegint:

–Que es casin! Que es casin! Que es casin!

La Maria i jo ens vam mirar sense saber què fer.

Era una situació absurda.

Un desconegut acabava de demanar matrimoni a la Maria del Carme dins d'un carro d'esclaus.

Si ella no ho acceptava, el paio amenaçava de liquidar el pare.

Fins i tot el Santi i la Susanna van començar a cridar:

–Que es casin! Que es casin!

La Maria del Carme, molt atabalada, va tornar a mirar el pare, que tenia la llengua fora i no podia respirar.

Finalment va dir:

–D'acord! M'hi casaré! I que sigui el que Déu vulgui!

El Màxim va fer un somriure esplèndid i va deixar anar un crit d'alegria.

–Per Venus i tots els déus del Panteó, jo et saludo, esposa meva!

Tot seguit va deixar anar el pare, que va caure a terra, esmaperdut, i es va posar les mans al coll, mentre intentava recuperar l'alè amb penes i treballs.

M'hi vaig acostar i vaig preguntar-li:

–Et trobes bé, pare?

–Mig mig –va respondre.

Al carro, tothom picava de mans i celebrava el casori imminent. La Maria del Carme feia cara de no acabar-se de creure el que passava.

–Ara que serem marit i muller –li va dir el Màxim, mentre s'hi acostava–, et diràs Àpia Tibèria, igual que la meva bèstia.

–Saps què? Que ja tinc nom, jo –va replicar ella–. Em dic Maria del Carme i ja em va bé així. No tinc cap intenció de dir-me d'una altra manera.

–Ja ho veurem, això. Ara... a ballar!

–Però si no hi ha música...

–No cal.

Tothom va posar-se a picar de mans i a cridar.

–Que es casin! Que es casin!

El Màxim va agafar la Maria del Carme per la cintura... i tots dos van començar a moure's seguint el ritme del picament de mans.

Semblava que volés entre les seves manarres, ella.

Més que ballar, l'homenàs saltava fent esgarips i la feia anar d'una banda a l'altra.

–Devem ser al segle II, aproximadament –va dir la Maria, observant com la seva mare es bellugava entre les mans del Màxim–. Abans, als esclaus no els permetien de casar-se.

–Que sempre ho saps tot, tu, o què? –va preguntar la Susanna.

Ma germana i la Maria mai no s'han avingut gaire. I els viatges pel temps no havien millorat pas la seva relació, que diguéssim.

–Tot no ho sé, però més que tu, sí –va replicar la Maria.

–Vinga, no discutiu –va murmurar el pare, que encara tenia el coll vermell i morat–. Aquest lloc és horrible. Hem de trobar la manera de fugir-ne com més aviat millor.

El panorama no pintava gaire bé.

En el poc temps que feia que érem allà, ens havien fet presoners els soldats. Ens havien tancat per força en un carro, amb un munt de persones més. Al pare l'havien estomacat i mig escanyat. I a la pobra Maria del Carme la volien obligar a casar-se amb un bestiota que acabava de conèixer, i que en aquell moment la feia giravoltar com una baldufa.

Quin desastre, tot plegat.

Aleshores vaig sentir una veu al meu darrere:

–Com et dius, estranger?

Em vaig girar. Era una noia amb els ulls molt negres i una cabellera rossa molt llarga, que em mirava, somrient.

No vull pas exagerar, però em sembla que era la noia més guapa que havia vist en ma vida.

–Com et dius? –va repetir.

–Em dic... o sigui... soc... –vaig farfallejar–, em dic Sebastià Vallbona, soc de Badia del Vallès i vaig a sisè B.

Ella va riure i va dir:

–No sé pas què t'empatolles. Ets molt divertit.

–No t'ho pensis pas –vaig respondre, sense saber què dir.

La noia duia una túnica grisa molt vella, tenia uns ulls enormes i un somriure preciós.

–Molt de gust –va dir–, em dic Clàudia Gaia.

–Més gust és el meu –vaig dir d'esma.

I ella va riure.

–Veus com ets molt divertit?

Em vaig quedar mirant-la com un babau. Potser no estava tan malament, aquell lloc, en el fons.

Vaig continuar mirant-la com un estaquirot, fins que el carro va passar per un altre clot, vaig perdre l'equilibri i vaig caure de cul.

Fora del carro es va sentir una veu.

Em sembla que era el centurió de la barba, tot clavant crits.

–Ja hem arribat! Que baixi tothom!

–Hem arribat a Roma? –vaig preguntar, emocionat.

–A Roma, diu –va murmurar la Gaia–. No, no, de cap manera. Roma és a molts dies de distància, Sebastià Vallbona.

–On som, doncs?

–On vols que siguem? –va dir ella, com si fos la cosa més normal del món–. Al famós mercat d'esclaus de Numítor, un dels més grans de l'Imperi.

–Ah, mira que bé.

Em vaig acostar als barrots per donar-hi un cop d'ull.

Però l'única cosa que es veia eren uns murs de pedra gegants i milers de persones que formiguejaven amunt i avall.

La Maria va posar-se al meu costat.

–Veig que t'has fet amiguet de la rossa.

–No, no, què dius ara! Ha estat ella, que és molt simpàtica.

–Ets especialista a conèixer les rosses de totes les èpoques que visitem –va insistir.

–Que et molesta?

–Per què m'hauria de molestar?

–Molt bé, doncs.

–Doncs ja està.

La Maria és veïna meva i va amb mi a l'escola, i quan somriu se li fan uns clotets molt bonics al costat de la boca, i uns quants, que es creuen molt espavilats, deien que m'agradava, però no és veritat, a mi no m'agrada cap noia del món. Ni la Maria. Ni la Clàudia Gaia, Ni cap altra.

La Susanna també va acostar-se, nerviosa, als barrots.

–Si em venen com a esclava, potser podria ensenyar a tocar el trombó als fills d'algun emperador –va dir ma germana, esbufegant.

–L'única cosa que espero, jo, és que ens venguin separats –va dir la Maria, mirant-me molt enfadada–, i perdre't de vista una temporadeta.

–Eh? –vaig fer, amoïnat–. Ens poden vendre separats?

–I tant –va respondre ella, com si fos una gran experta en la matèria–. Poden fer els que els doni la gana.

–Baixeu d'una vegada, talossos! –va exclamar el Gaius el barbut.

Les portes del carro es van obrir de bat a bat i ens van empènyer per fer-nos-en sortir.

Així que vaig posar un peu a terra, va aparèixer una dona vestida tota de negre, enfilada al capdamunt d'una columna molt alta, que va exclamar:

–Benvinguts al mercat d'esclaus de Numítor, el lloc on els somnis es fan realitat!

4

–Soc la sacerdotessa del temple, l'esposa del cònsol i la directora principal del mercat –va anunciar des de dalt de la columna, alçant molt la barbeta, tota orgullosa.

–La que remena les cireres, vaja –va dir mon germà Santi.

–Podeu dir-me Cecília Àtica Major –va continuar la dona–. D'aquí a tres hores comença la subhasta d'esclaus. Som-hi!

Els legionaris que ens custodiaven ens van obligar a seguir-la.

–A on ens porten, ara? –va preguntar el pare, desconcertat.

–Pare, jo també em puc canviar el nom? –va preguntar ma germana–. M'agradaria dir-me Susanna Àtica Menor, àlies la Sultana de Badia del Vallès.

–Els sultans no tenen res a veure amb l'Imperi romà –la va corregir la Maria.

–Ja ho sé, set-ciències –va protestar ella–, però a mi m'agrada com sona. Cap problema?

El meu germà va esperar que la Maria s'avancés una mica, i quan va comprovar que ja no el sentia, em va demanar en veu baixa:

–És veritat això que els sultans no vivien a l'Imperi romà?

–Els sultans eren reis àrabs, em sembla.

–Caram.

Aquell mercat d'esclaus era una autèntica ciutat. Amb edificis de pedra molt antics i parades on venien menjar i mercaderies. Els carrers eren de sorra i grava, i tenien el terra ben llis. Hi havia gent pertot arreu, homes i dones de totes les edats, la majoria dels quals portaven túniques. N'hi havia que anaven a peu, o a cavall, o arrossegaven un carro. I, per damunt de tot, hi havia un munt de soldats vestits amb l'uniforme de la Legió del Falcó.

Mentre avançàvem per aquells carrers, em vaig fixar en un turó enorme que treia el nas als afores de la ciutat.

La Cecília Àtica ens va portar fins a la porta principal d'una mena de casalot pintat de color groc.

–Ara us prepararan per a la subhasta –va explicar amb el seu aire altiu–. Porteu-vos bé i poseu-vos guapos, volem que paguin una bona quantitat de denaris per cadascun de vosaltres.

Al seu costat va aparèixer el centurió Gaius tot cridant:

–Les dones a la dreta! I els homes a l'esquerra! Vinga, sense badar boca!

Ens van obligar a separar-nos en dos grups, i ningú no va protestar. Allò de ser esclau era un pal, tota l'estona et donaven ordres sense cap explicació.

–No t'hi amoïnis –va dir la Maria del Carme al pare –. Ja me n'ocuparé jo, de les noies.

Totes tres (la Maria del Carme, la Maria i la Susanna) van entrar de seguida en un passadís molt llarg, agafades de mans, juntament amb moltes altres dones. La Cecília Àtica els anava al darrere.

També hi anava la Clàudia Gaia, que em va fer un signe amb la mà. Totes van desaparèixer a l'interior del lloc aquell.

El Gaius i els soldats van quedar-se amb nosaltres. El centurió va rascar-se la barba; sempre feia cara d'enfadat. Va dir, bramant:

–Que esteu sords o què? Tothom a l'esquerra, he dit! Si no m'obeïu a la primera, em veuré obligat a desembeinar l'espasa! Tothom a l'atri!

–Que sí, que ja hi anem –va murmurar el pare–. Vinga, nois, que aquesta gent té molt mala bava.

–Què és un atri? –vaig preguntar.

–Ni idea, fill –va respondre el pare–. Segueix-los la veta, tu.

Vam fer una volteta i per fi vam entrar en una mena de pati envoltat de columnes. Al centre hi havia una font i al costat una pila enorme de roba amuntegada en unes caixes de fusta.

–Poseu-vos les túniques i renteu-vos una mica! –va ordenar el Gaius–. Vull que estigueu ben nets i polits per a la subhasta!

Suposo que l'atri devia ser aquell pati rectangular. Els gairebé cinquanta homes que hi havia van acostar-se a les caixes i van començar a agafar aquelles peces de roba. Totes eren pràcticament iguals, una mena de llençols llargs i prims que es deien togues i unes capes de color blanc i gris.

Vaig aprofitar l'avinentesa per mullar-me la cara i beure un glop d'aigua de la font. Estava esgotat. Des que havíem caigut al forat negre, no havíem parat ni un segon. Em va agradar sentir l'aigua fresca a la cara i baixant-me per la gola.

–Vens de Roma?

Em vaig girar per veure qui ho havia preguntat.

Davant meu, assegut en un lateral de la font, hi havia un home molt gran, amb barba blanca, que em mirava fixament amb uns ulls enormes també blancs.

–Perdoni, que és cec, vostè? –li vaig preguntar, observant-lo.

–Soc cec i no –va respondre ell, brandant un bastó que duia a la mà dreta.

–Què vol dir?

–El que vull dir és que encara no has contestat la pregunta que t'he fet –va replicar, molt seriós–. Vens de Roma, foraster? Jo sempre he volgut anar a Roma, la capital de l'Imperi, del món. Els meus dies s'apaguen i encara no ho he aconseguit. És el meu somni més gran..., Roma. Digues, vens d'allà?

–No... no he estat mai a Roma, em sap greu –vaig admetre–. El curs passat els de sisè hi van anar de viatge de fi de curs, però aquest any hem decidit que aniríem a Mallorca.

–Fi de curs? Mallorca? No tinc ni la més remota idea de què t'empatolles –va admetre–. Per la teva manera d'expressar-te, però, i per aquesta roba tan sofisticada que duus, pensava que potser provenies de la capital.

–No, senyor, em sap molt greu, jo no... Per cert –vaig fer estranyat–, em pot veure la roba?

Vaig aixecar una mà i l'hi vaig passar per davant dels ulls. Digués el que digués, aquell home era ben cec.

–Si només creus el que veus, et perdràs moltes coses a la vida –va sentenciar en un to enigmàtic–. Em pots dir Publi Escipió: antic legionari, antic gladiador i antic mariner. Ara soc un esclau, com tothom.

–Molt de gust, senyor Escipió. Jo soc en Tià, antic alumne de sisè de primera de l'escola Sant Àngel –vaig dir, tornant a passar-li la mà per la cara per comprovar si la veia.

–Es pot saber què fas amb la maneta?

Anava a respondre, però em va tallar.

–Un! –va exclamar.

Amb un moviment precís, em va donar un cop de bastó als dits.

–Ai! –vaig protestar.

–Dos! –va continuar.

Ara em va donar una bastonada a les ulleres, que van sortir volant i li van anar a parar justament a l'altra mà.

Em vaig quedar bocabadat.

–I tres!

En darrer lloc, va tirar enlaire el bastó. Vaig aixecar la vista, mirant com giravoltava per sobre del nostre cap. Després de volar una estona, va baixar en línia recta i va caure perfectament dret, recolzat a la font.

Havia estat increïble.

–Això... això que acabes de fer amb el bastó ha estat una passada... I seria una passada encara que hi veiessis –vaig murmurar.

Ell no semblava que hi donés importància, però. Ara tenia l'atenció posada en una altra cosa: palpava les meves ulleres amb moltíssim d'interès, com si fossin producte de la màgia.

–He sentit dir que l'emperador té un objecte similar, a Roma, fet de maragdes pel gran Usur el prodigiós –va dir tocant-les a poc a poc amb les dues mans–. Diuen que les fa servir per llegir els pergamins i altres documents.

–Les meves són de plàstic reciclable i me les va fer el senyor Eladi, de l'òptica de sota de casa –vaig aclarir per evitar malentesos.

Ell em va mirar, o més aviat va girar-se cap a mi amb desconfiança.

–On és casa teva?

–Buffff, no és fàcil d'explicar –vaig respondre–. Para molt lluny, em sembla. Es diu Badia del Vallès i hi ha molta gent que té objectes com aquest. En diuen «ulleres».

–Ulleres –va repetir, meravellat–. Has d'explicar-me moltes coses, petit foraster.

I per fi em va tornar les ulleres. Vaig estar de sort, perquè reconec que quan no les porto no hi veig gaire bé.

–Li explicaré el que vulgui –vaig dir–. Si no li fa res, però, abans em podria dir on som exactament, si us plau, que estic una mica despistat.

–Estimat, som als dominis del cònsol Flavi Pius Galba Cassi Septimi Vitel·li, màxima autoritat de la ciutat de Numítor, al sud del Mare Nostrum, davant les costes d'Hispània.

–Hum –vaig dir, mirant d'entendre el que havia dit.

Aquell home de llarga barba blanca, el Publi Escipió, em queia bé, tot i que no acabava de saber si realment hi veia o no.

–I vostè sempre ha estat esclau? –li vaig preguntar ara.

–En aquesta ciutat gairebé tots són esclaus, fill –va respondre–, fins i tot gent que mai no t'ho imaginaries.

Podria haver seguit preguntant moltes coses, però una veu ens va interrompre.

–Encara no t'has vestit, petitó?

Davant meu va aparèixer mon germà Santi, l'única persona del món que em deia així.

–M'encanta l'Imperi romà –va dir–. Em convertiré en un gladiador famós, ho tinc decidit.

S'havia posat una túnica d'aquelles i dos braçalets. A més, duia a la mà una mena de porra de fusta, que no sé pas d'on havia tret.

–Ser gladiador no és una cosa que es pugui prendre a la lleugera –va dir l'Escipió.

–Qui és aquest vell curt de vista? –va preguntar mon germà–. És amic teu, petitó?

–T'agrairia que no em diguessis petitó –vaig replicar–. Perdoni'l, senyor Escipió, és que el meu germà està a l'edat de la poca solta.

–No parlis de mi com si no hi fos! –em va advertir el Santi, clavant-me un clatellot.

–Aufffff, quin mal! –em vaig queixar.

–Doncs encara te'n farà més si em tornes a contestar.

I me'n va clavar un altre.

Em sembla que podríem haver continuat així una bona estona, si no hagués passat una cosa imprevista.

Tot d'un plegat, el Publi va engrapar el bastó i va donar un cop sec a la part del darrere dels turmells del meu germà, que va caure de cul.

No s'ho veia venir, el Santi. I, per la cara que va fer, no s'ho va prendre gaire bé.

–Ei, escolti...! –va protestar.

–Ser gladiador no és qüestió de força ni de joventut –va continuar el Publi–, sinó de concentració.

I li va etzibar un altre cop a la mà, que li va fer caure la porra de fusta.

El Santi es va quedar assegut a terra, adolorit.

Aleshores, algú va obrir-se pas a empentes: el Màxim.

Va assenyalar fixament el Publi, tot exclamant:

–T'he dit mil vegades que aquest bastó no m'agrada gens! Als nouvinguts només els dono cops jo! A veure si t'ho fiques al cap, vell sabatot!

–És la segona vegada que em diuen vell en poca estona –va replicar ell–. Demana disculpes per les teves males maneres, o t'hauré de donar una lliçó.

El Màxim va esclatar a riure.

–Ets tu qui m'ha de demanar perdó, si no vols que ens les tinguem!

Aquells homes tan diferents van col·locar-se cara a cara amb posat desafiador.

El Màxim en feia tres com l'altre.

I era molt més fort.

I més jove.

A més, hi veia!

Però l'Escipió no semblava disposat a espantar-se.

Tots els presents van fer una rotllana al seu voltant.

La baralla estava a punt de començar.

En aquell moment hi va intervenir el pare, que també s'havia posat una toga de color gris.

–Perdonin que hi fiqui cullerada –va dir–, però si la disputa ha estat per culpa dels meus fills, soc jo qui els demana disculpes. No val la pena que discuteixin per coses de criatures.

–Pare! –va dir el Santi–. No soc cap criatura, tinc quinze anys i vull ser gladiador.

–Aparta't, panxut! –va grunyir el Màxim, empenyent el pare–. Barallar-se sempre val la pena!

El pare va recular.

Mon germà Santi va acotar-se.

Jo em vaig amagar al costat de la font.

I llavors va començar la baralla entre Màxim el Colossal i Publi Escipió.

PREPARA'T PER MORIR, VELL!!
5
AI!
UN!
ARA SÍ QUE ESTIC MOLT ENFADAT!
SOC MÀXIM EL COLOSSAL!

DOS!
AI!
COF
COF COF COF
AIGUA, PER FAVOR.

AIGUA...
I TRES!
SPLAIX!
QUIN TRÀNGOL! M'HE EMPASSAT MOLTA AIGUA...

ESPERO QUE HAGIS APRÈS LA LLIÇÓ.
NO EM PARLIS EN AQUEST TO!
AQUESTA BARALLA NOMÉS HA COMENÇAT, VELL SONAT!
TOTHOM QUIET! NINGÚ NO ES POT BARALLAR SENSE EL MEU PERMÍS.
EL QUE BELLUGUI UN MÚSCUL, SE LES HAURÀ AMB MI!

6

–Sou propietat de Flavi Pius Galba Cassi Septimi Vitel·li –va dir tot seriós el centurió, rascant-se la barba–. No podeu fer res sense el seu permís. I encara menys lluitar! Si preneu mal, perdreu el vostre valor al mercat!

Tant el Màxim com el Publi l'escoltaven amb el cap baix, sense badar boca.

–Us castigaria a tots dos amb deu fuetades! –va continuar el centurió–. Però això també podria fer minvar el vostre preu a la subhasta. Que no us adoneu que el cònsol té moltes despeses? Com se us acut de barallar-vos pel vostre compte?

–Perdoni, centurió, no passarà mai més –va dir el Màxim, avançant un pas.

El Gaius va fer una ganyota i es va girar cap al Publi.

–I tu no hi dius res, vell?

El Publi va agafar fort el bastó. Per un moment, vaig pensar que començaria a comptar un, dos i tres. No li agradava gens, que li diguessin «vell».

–Algun dia, centurió, tu i jo estarem sols cara a cara, sense soldats que et protegeixin –va dir, amb ràbia.

Semblava que tenien comptes pendents, aquell parell.

–Estic desitjant que arribi aquest dia –va respondre en Gaius–. Però mentrestant, obeeix-me i demana disculpes ara mateix si no vols que et flagel·li a la plaça pública.

En Publi es va contenir i va acotar el cap, tot dient:

–Les meves disculpes més sinceres, centurió.

–Vinga, ja heu xerrat prou! Si tant us agrada lluitar, recomanaré al cònsol que us faci anar al circ!

Cap dels dos no va respondre, però en sentir la paraula «circ» es van posar molt seriosos, com si intuïssin un perill terrible.

El Gaius va caminar entre els esclaus, aturant-se de tant en tant davant d'algú per mirar-lo bé. Semblava ben bé que revisés la mercaderia.

–Renta't una mica. I posa't unes sandàlies, tu. No podeu anar descalços, prou que ho sabeu. I poseu-vos ben drets, res d'arronsar l'esquena –anava dient a uns i altres–. És que haig d'estar pendent de tot!

Va aturar-se davant meu.

–Vejam, noi, i tu què fas, que encara no t'has vestit?

–És que... és que parlava del Mare Nostrum i d'altres coses molt interessants, i després ha vingut mon germà a clavar-me clatellots...

–No repliquis i posa't una túnica –em va tallar–. Ara mateix!

Vaig obeir-lo immediatament.

Em vaig acostar a correcuita a la pila de roba i vaig regirar-la una mica, tot buscant alguna cosa que em pogués servir.

–Em sembla que tot això m'anirà massa gran –vaig murmurar.

–A l'altra caixa n'hi ha de la teva talla –em va dir el pare–. S'ha de reconèixer que no em queda gens malament, aquesta capa. T'imagines que anéssim vestits així pel barri? Es pensarien que ens hem trastocat.

–Escolta, pare –vaig dir, mentre m'anava canviant de roba–. Hi he donat moltes voltes... Creus que tornarem a casa, algun dia?

–I tant que hi tornarem, Tià. Molt aviat, ja ho veuràs.

–Molt aviat? –vaig preguntar, encuriosit, abaixant la veu–. Has descobert alguna cosa?

El pare va mirar amunt i avall, com si no volgués que el sentissin, i va dir:

–No he descobert res, encara... Però tinc la intuïció que cada vegada ens acostem més a la solució per tornar a casa nostra.

–Intuïció? –vaig replicar, decebut.

–No facis aquesta cara –va dir ell tot seriós–. A l'acadèmia ens van ensenyar que el més important, a l'hora de resoldre un cas, no són les proves ni les pistes ni res de tot això. El més important és la intuïció que té un policia municipal de debò. És una cosa que no es pot estudiar pas; en tens o no en tens, d'intuïció. I ton pare en té, i tant.

–Però això no és un cas policial, és un viatge pel temps a través d'un forat negre...

–Tant se val –va assegurar ell, fent el gall–. No hi ha cap cas que se'm resisteixi, sigui el robatori d'una moto o un viatge a través del temps i l'espai.

–Resumint –vaig dir–, que no en tens ni idea.

–No diguis això. Confia en ton pare. Ja veuràs com tornarem a casa abans del que t'imagines.

Vaig acabar de posar-me una túnica grisa i una capa de color granat. Em sembla que era l'única que hi havia d'aquest color. Encara sort que feia sol i molta calor, però tot i així em sentia una mica estrany amb aquella roba. Em feia l'efecte que duia faldilla.

–A més, estàs aprenent un munt de coses. Ja voldrien ser al teu lloc, molts amics teus –va continuar dient el pare, assenyalant les columnes que hi havia al voltant–. Això de l'atri, per exemple, o allò que has dit abans del Mare Nostrum.

–Què és el Mare Nostrum?

–Però si ho has dit tu.

–Només he repetit el que m'ha dit el Publi Escipió. Ho saps o no ho saps?

–Hum, fill... Em sona molt, francament, però ara mateix no hi caic... El Mare Nostrum és... com el «mar nostre», o una cosa així...

–Això ho sé fins i tot jo! –ens va interrompre el Santi, acostant-se'ns–. És la mar Mediterrània, ho hem estudiat a l'institut.

–Això vol dir, doncs, que som al costat de la mar Mediterrània! –vaig exclamar, recordant el que m'havia dit el Publi un moment abans–. Al davant d'Hispània, que és Espanya. Per tant, si fa no fa, devem ser a la costa del Marroc.

–Molt bé, fills, sou uns cracs! –ens va dir el pare, molt animat–. Si és que fem un gran equip... El que no ho sap un, ho sap l'altre. Els Vallbona som invencibles, a Badia, a l'Àfrica o allà on calgui.

–Va arribar fins al Marroc, l'Imperi romà? –va preguntar el Santi.

Tots tres ens vam mirar, sense tenir clara la resposta. La Maria segur que ho sabria, si hi fos.

–Au, vinga –va intervenir el pare–, tampoc no cal que ens posem detallistes, ara, que això no és cap examen. El més important de tot és que estem junts, i a sobre, al Marroc, que és un país molt... bonic i molt... càlid.

–Si tu ho dius... –va respondre el meu germà, sense fer-ne gaire cas–. Ei, que això que t'he comentat abans, de ser gladiador, ho deia de debò. T'aviso, perquè hi he meditat molt.

–Com hi pots haver meditat molt, si acabem d'arribar? –va fer el pare.

–Medito molt ràpid, jo –va replicar mon germà.

–Ja en parlarem, que això de gladiador fa pinta de ser una feina molt perillosa –el va tallar el pare.

Però el Santi no es donava per vençut.

–Mai no em deixes fer el que vull, i això s'ha d'acabar. Per si de cas no ho sabies, he sentit que aquí hi ha persones que s'enrolen a l'exèrcit des dels tretze o catorze anys... O sigui, que a partir d'ara penso decidir les coses pel meu compte. Tinc quinze anys i soc lliure!

Després de dir això mon germà va allunyar-se, tot cofoi.

–Però què dius que ets lliure? –li va preguntar el pare, que semblava molt empipat–. Si ets un esclau! Que no te n'has adonat?

Sense tombar-se, el Santi va dir:

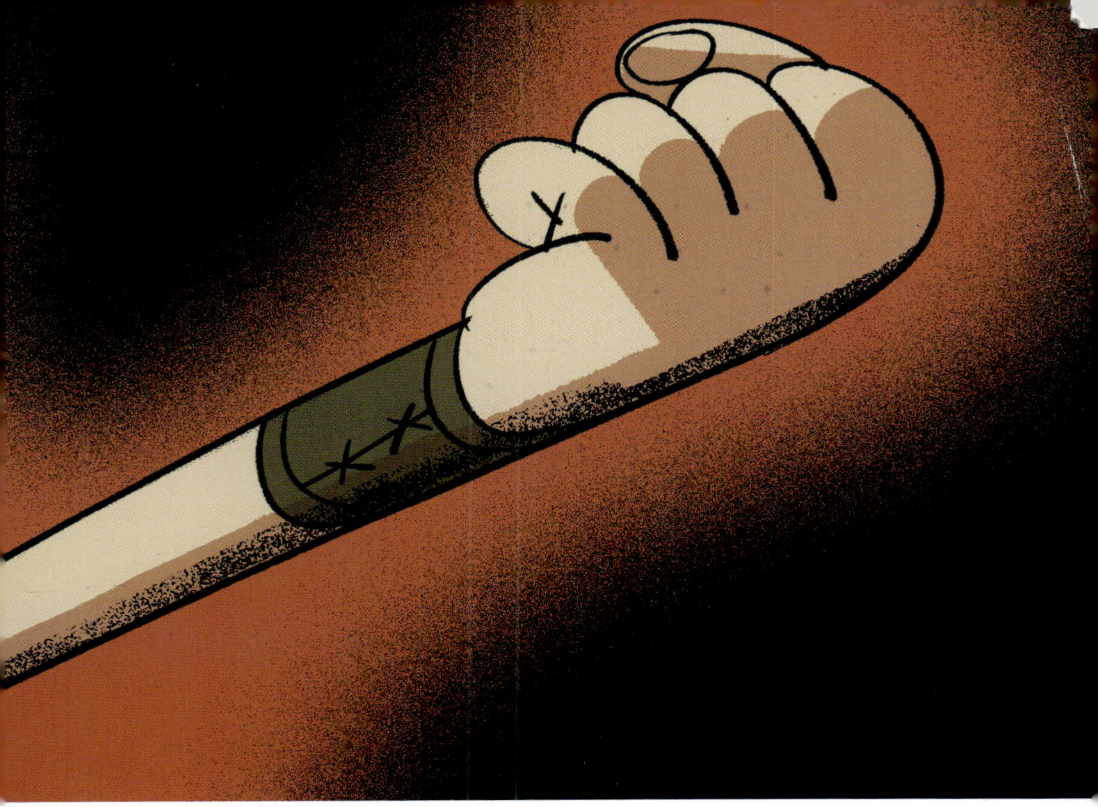

–Exacte. Pertanyo al cònsol Flavi Pius i no sé què més... I a tu no haig de fer-te cas.

I se'n va anar a l'altra punta del pati, o sigui de l'atri.

–A mi em faràs cas fins que t'ho digui jo! –va continuar dient el pare, tot i que em sembla que el Santi ja no el sentia–. I es diu cònsol Flavi Pius Galba Cassi Septimi Vitellius, que et quedi clar.

Estava molt nerviós, el pare. Em va llançar una mirada furibunda i em va dir:

–Que no se n'adona, ton germà, que hem d'estar més units que mai?

–No ho sé, pare.

–Soc l'únic de la família que té una mica de seny?

–No ho sé, pare.

–A qui se li acut, de ser gladiador? Que no sap que gairebé tots acaben ferits o morts?

–No ho sé, pare.

–I tu no saps dir res més que «no ho sé»?

No tenia ni idea de què respondre en un moment com aquell. Vaig agafar amb la mà la meva capa flamant i vaig xiuxiuejar:

–Es diu Vitel·li.

–Eh?

–El cònsol, que no es diu Vitel·lius. Es diu Flavi Pius Galba Cassi Septimi Vitel·li.

–Doncs molt bé, home.

I ell també se'n va anar tot remugant.

–Només em faltava aquesta –va murmurar–. Que em corregeixi el meu fill d'onze anys.

–No t'enfadis, si ho he dit pel teu bé...

El pare no em va fer gens de cas. Va travessar el pati per recolzar-se en una columna, com si estigués molt ofès que els seus fills no l'entenguessin.

Era una situació una mica absurda. Érem en un lloc llunyà i perillós. En una època remota on et podien convertir en esclau o clavar-te un cop d'espasa a la mínima que badessis.

A més, en lloc d'ajudar-nos entre nosaltres, érem cada un en un extrem d'aquell pati amb columnes sense dirigir-nos la paraula.

Vaig pensar que no era la millor actitud per solucionar els nostres problemes.

De manera que vaig fer l'única cosa que se'm va acudir, en vista de les circumstàncies:

Em vaig calçar unes sandàlies molt guapes de color granat que feien joc amb la capa.

I em vaig posar dret.

Ara sí que semblava un romà de debò.

Estava preparat per desafiar tots els perills desconeguts que poguessin aparèixer.

Soc el Sebastià Vallbona i ni una legió sencera no em podria aturar.

En aquell mateix moment... una mà em va tocar l'espatlla i vaig fer un bot de l'ensurt.

–Aaaaaaaaaaaaaaaaah! –vaig cridar.

Tornava a ser el Publi Escipió.

–Vés amb compte, home –vaig dir–. Abans de tocar-me per l'esquena avisa'm, que puc tenir un atac.

Ell va assenyalar el cel i va dir:

–Ja és l'hora.

Vaig aixecar la mirada i el vaig veure per sobre del nostre cap, amb les ales esteses i el bec vermell i desafiador.

El falcó.

7

Els tambors van fer retrunyir la plaça enorme.

Les trompetes van sonar fent un gran terrabastall.

La Cecília Àtica Major, vestida tota de negre, estava dreta a dalt d'una columna.

Es veu que li agradava molt enfilar-se a les columnes, a la dona aquella.

Els sis mil soldats de la invicta Legió del Falcó envoltaven la plaça, fortament armats.

Al bell mig s'hi alçava un pedestal de pedra amb una estàtua gegantina d'un home barbut i massís. L'estàtua era gran com un gratacels.

–És Júpiter –em va explicar a cau d'orella el Publi, que era darrere meu.

–Em sonava d'alguna cosa –vaig dir per no callar.

Als esclaus ens havien fet posar al darrere de l'escultura, formant un semicercle. Les dones també hi eren: vaig veure la Maria de lluny, molt a prop de la Maria del Carme i la meva germana.

Devíem ser vuitanta persones, si fa no fa.

Davant del pedestal hi havia sis creus molt grosses pintades a terra, una de cada color: blava, blanca, vermella, negra, groga i verda.

Encara no sabia què significava, tot plegat.

Ben aviat ho descobriria.

A l'altra banda de la plaça s'hi havia aplegat una gran gentada. Ens miraven murmurant i assenyalant-nos, com aquell que ha anat a un supermercat a comprar una ampolla de llet. Suposo que estaven decidint en qui volien gastar-se els diners.

De cop i volta, tots els legionaris van posar-se ferms i van fer xocar les llances contra els escuts.

PLAAAAAAAAM!

Per tota la plaça va ressonar un gran estrèpit metàl·lic.

Els tambors i les trompetes van emmudir.

A dalt d'una llitera d'or que transportaven vuit soldats, va entrar a la plaça el cònsol.

Em pensava que l'aplaudirien.

En canvi, tothom va començar a esbroncar-lo.

I li van dir, a crits:

–A veure si arregles l'empedrat!

–No queda aigua als dipòsits!

–Quina porqueria d'esclaus que has portat!

Es veu que no estaven gaire contents.

Ell no feia cas dels comentaris. Menjava raïm ajagut al seu matalàs, deixant que el sol se li reflectís a la cara.

Quan va arribar a l'estàtua, els soldats van pujar per una escalinata i van deixar la llitera als peus de Júpiter, de manera que el cònsol va quedar a una altura molt superior a la dels altres.

Ell es va incorporar sense dir res. I va aixecar el braç dret.

El falcó, que sobrevolava la plaça, va baixar en picat davant la mirada atenta de tothom.

Era espectacular veure'l volar a tota velocitat amb aquelles ales enormes esteses. Va fer una passada rasant per damunt del cap dels espectadors, molts dels quals van haver d'acotar-se.

Fins que per fi, després d'exhibir-se per tota la plaça, va parar-se amb fermesa al braçalet del cònsol.

Ara sí que va aplaudir, la gentada.

–Bravo! Visca!

Aquell ocell els agradava molt.

No m'estranya gens: era impressionant, amb el seu plomatge fosc i les urpes afilades. Em sembla que volava més de

pressa que molts avions, tot i que aquelles persones no havien vist un avió en sa vida.

El cònsol va escarxofar-se en un tron que van col·locar els seus acompanyants a dalt de l'escalinata. Tot seguit va anunciar:

–Que comenci la subhasta d'esclaus!

Més aplaudiments.

Era evident que es referia a nosaltres.

Ens vendrien en una subhasta, com si fóssim objectes.

La Cecília Àtica va alçar els braços cap al cel i va exclamar:

–Benvingut a Numítor, el mercat d'esclaus més gran de l'Imperi!

–No n'hi ha per tant –va replicar algú del públic.

–Devia ser abans, això –va dir una dona que duia un càntir al braç.

–Numítor ja no és el que era –va afegir un noi–. M'han dit que a la Gàl·lia hi ha mercats molt millors que aquest.

–Sí, i a la Germània també.

–Quina llàstima! Tan goig que feia, aquest mercat, anys enrere.

–A callar tothom! –va exclamar el Gaius, que va aparèixer per un lateral de la plaça amb l'espasa a la mà.

El centurió sempre semblava molt enfadat. No sé si devia existir l'estrès, a l'Imperi romà, però feia ben bé l'efecte que el Gaius estava tota l'estona a punt de tenir un atac de nervis.

–Una mica de respecte, que parla la venerable Cecília Àtica Major! –va bramar–. Silenci! O prendré mesures!

–Vinga, Gaius si prens mesures contra nosaltres, qui comprarà els esclaus? –va demanar la dona del càntir.

–Això mateix, una mica de respecte també per a nosaltres –va protestar un altre home–, que som els que ens gastem els diners.

–Ens clavaràs la teva espaseta? –va preguntar algú tot rient.

–Centurió que lladra no mossega! –va cridar un altre.

Més rialles i xiulets.

–Qui ho ha dit, això!? –va exclamar el Gaius, més exaltat que mai–. Que surti ara mateix el qui ho hagi dit! Vinga, covard, no t'amaguis enmig de la multitud!

El Gaius anava d'una banda a l'altra esgrimint l'espasa, però hi havia tanta gent que era impossible saber qui ho havia cridat.

A més, no semblava que se'l prenguessin gaire seriosament.

Entre la gentada es va començar a sentir una remor que augmentava per moments:

–Centurió que lladra no mossega... Centurió que lladra no mossega...

I més rialles.

El Gaius es posava cada cop més vermell.

Fastiguejat, va girar-se cap al cònsol.

–Gran Flavi Pius Galba Cassi Septimi Vitel·li –va dir–, demano permís per evacuar la plaça amb l'ajut de la legió. Això és una manca de respecte inacceptable!

El cònsol va fer una ganyota d'enuig.

–Ja hi tornem a ser, Gaius? –va respondre–. Permís denegat. Però com vols que evacuem la plaça, home? Qui comprarà els esclaus, llavors? Pensa, Gaius, pensa, i no et turmentis, que et prenen el pèl i prou, no passa res. Has de tenir una mica de sentit de l'humor.

–Soc descendent d'una llarga estirp de legionaris, senyor meu. Un soldat lleial. Un guerrer que donaria la vida per Roma i pel meu senyor. Però una cosa és ben certa: a la meva família mai no hem tingut gaire sentit de l'humor. Si no puc atacar els que es burlen de mi, com a mínim sol·licito el permís de retirar-me a la meva cambra fins que s'acabi la subhasta.

–Au, sí, vés-te'n una estona –va sentenciar el cònsol–. Serà el millor per a tothom.

Amb el cap ben alt i cara de pomes agres, el Gaius va travessar la plaça envoltat de murmuris i rialles. Com més s'enfadava, més li feien la guitza. Era igual que a l'escola.

–Au, vinga, anem per feina, que ja començo a avorrir-me –va dir el Flavi, del tron estant.

El falcó va batre les ales i va aixecar el cap.

Ara sí que van callar tots.

La dona vestida de negre va poder continuar.

–Com és costum a Numítor, des del temps dels mestres fundadors, les sis grans famílies de la ciutat podran licitar per cada esclau sense límit de preu –va dir des de dalt de la columna–. I els esclaus que no siguin comprats a la primera tanda, llavors podran ser adquirits per la resta, o passaran al servei públic.

Van tornar a sonar tambors i trompetes.

Alguns homes i dones es van avançar uns quants passos. A mesura que sentien els seus noms, s'anaven col·locant al davant de les creus de color pintades a terra.

En alguns casos, també els acompanyaven nens.

–Són les famílies més riques i antigues de Numítor –em va aclarir el Publi–. Tenen preferència a l'hora de comprar els esclaus.

–És millor que em compri alguna persona determinada? –vaig fer.

–Per descomptat –va respondre–. Segons qui sigui el teu amo, tindràs una feina diferent. I la teva vida canviarà del tot. Escolta i ho entendràs.

La Cecília Àtica va anar anunciant les diverses famílies.

–Propietaris de les grans mines de coure i plata, de la casa Juliana: el noble Tiberi i la seva nombrosa i estimada família.

Davant de la creu groga s'hi va situar un home molt gras acompanyat d'una dona igual de grassa i diversos fills rabassuts. Només de veure'ls ja quedava clar que ells no treballaven directament a les mines.

–Si et compra el Tiberi, et passaràs els dies a dins d'una mina fosca i profunda –em va aclarir el Publi.

No semblava un bon pla.

–Procedents dels camps immensos de blat i de blat de moro –va continuar la Cecília–, el venerable Galba i els seus germans i germanes.

Al costat de la creu verda s'hi va col·locar el tal Galba, un home amb les faccions arrugades i cremades pel sol, precedit de mitja dotzena de persones que s'hi assemblaven força. Allò de treballar al camp no era una mala opció; no devia ser gaire perillós.

–Vés amb compte, jovenet –em va xiuxiuejar el Publi–. Encara que no ho sembli, el Galba és un amo d'allò més cruel. Fa treballar els seus esclaus de sol a sol, sense repòs, i amb prou feines els dona menjar i beguda. Ni tan sols no els proporciona un lloc per descansar. Han de dormir tots sota les estrelles, faci fred, calor, plogui o troni.

–Com és que els coneixes tan bé a tots?

–Perquè he tingut una vida molt estranya i atzarosa –va dir el vell, tot seriós–. M'han venut moltes vegades, però és una història molt llarga. Ja te l'explicaré algun dia.

–Coneguda i reverenciada per tothom, la fastuosa Octàvia i les seves dotze filles –va continuar dient l'Àtica–. Elles són les àugurs del temple, enllaç dels mortals amb els déus de l'Olimp, les profecies de les quals són conegudes a l'Orient i l'Occident.

Davant de la creu blanca va aparèixer una dona molt elegant, amb una cadena d'or molt llarga penjada al coll. Anava vestida tota de blanc, coberta amb capes àmplies que semblaven de seda. L'acompanyaven les seves dotze filles, d'edats diferents, totes amb vestits d'un blanc perfecte.

–Què són les àugurs? –vaig preguntar.

–Les que fan els auguris –va respondre.

–I què són els auguris?

–Les profecies. Se suposa que interpreten els senyals dels déus i que tenen connexions divines. Però et ben asseguro que en treuen molts calés. Els seus servents s'encarreguen del temple, des de netejar-lo fins a resar nits senceres. Corre la brama que de vegades hi fan sacrificis humans.

A aquest pas, no en quedaria cap de bo.

–Ningú millor per als diferents serveis domèstics que els esclaus de la família de Domicià l'Útil –va anunciar, infatigable, la dona de la túnica negra, convertida en una mena de presentadora.

Davant de la creu blava va col·locar-s'hi un home vestit amb una humil toga, al costat de la seva esposa i els seus dos fills. A primera vista feien cara de bones persones.

–Són l'estirp dels Domicians –va dir el Publi–. Els diners els obsessionen. No mengen per no anar de ventre. Els seus esclaus són els més pobres de les sis famílies, i es passen el dia fregant, rentant, escombrant, anant a comprar, cuinant i endreçant. Així que els seus servents aprenen a complir estrictament aquestes normes, els revenen a uns altres.

–De la casa de Macrí, emparentada directament amb l'emperador, la gran Servília Pòstuma Victorina. Negre és el seu estendard, com el color de la mort que tenyeix al capvespre el temible i adorat circ de Numítor, amb els gladiadors, els genets salvatges i les atraccions immortals. Amb ella, el seu fill, el jove Caracal·la Macrí.

La Servília era una dona amb una llarga cabellera arrissada, que donava la mà a un noiet si fa no fa de la meva edat. Anaven vestits amb roba llampant. Tots dos saludaven aixecant la mà, com si fossin estrelles de rock. Pel que sembla, el circ era el divertiment principal de tot l'Imperi, i eren ells qui el regentaven.

–L'esperança mitjana de vida dels esclaus del circ és d'uns quants dies –va dir tètricament el Publi–, el temps just per aprendre quatre coses sobre l'art de la lluita i saltar a l'arena.

–I, en darrer lloc, el Falcó de Roma, el cònsol Flavi Pius Galba Cassi Septimi Vitel·li, i els seus esclaus legionaris.

–També són esclaus, els soldats? –vaig demanar.

–Alguns i prou –va respondre l'Escipió–. El cònsol ven els esclaus a les altres famílies, però la tradició diu que pot quedar-se uns quants escollits per servir a la seva mateixa legió.

L'Àtica va exclamar:

–Com a representant del cònsol a la subhasta, el seu braç dret!

El Flavi va aixecar-se i va moure la mà. El falcó va estendre les ales, va sortir volant i va parar-se davant de la creu vermella.

Un oooooooooooh va recórrer la plaça.

Pel que sembla, les sis grans famílies de Numítor ja estaven a punt de començar.

Groc, les mines de Tiberi.

Verd, els camps de Galba.

Blanc, el temple d'Octàvia.

Blau, les feines de la llar de Domicià.

Negre, el circ de Servília.

Vermell, la legió del Falcó.

–I ara? –vaig preguntar tot neguitós al Publi.

–Ara, noiet, val més que et compri la família adequada. En cas contrari, no duraràs gaire.

Vaig observar les sis creus, tot rumiant quina m'aniria millor.

No cal dir que el circ i la legió quedaven descartats. Lluitar no ha estat mai el meu fort.

El Tiberi i les mines tampoc no semblaven el millor destí.

Val a dir que, de les altres opcions, treballar al camp tot el dia al sol no era cap bicoca. A més, el Publi m'havia advertit de la crueltat de l'amo.

Fer de servei domèstic potser no era tan dolent, encara que a mi mai no m'ha agradat endreçar-me l'habitació ni parar taula ni cap d'aquestes coses.

No ho sabia, no ho sabia pas.

També quedava l'Octàvia amb les àugurs. No em veia ficat tot el dia en un temple amb els déus romans. I allò dels sacrificis humans feia mala pinta.

–Prova de caure bé a algun dels sis –em va advertir el Publi–. Si no et compra ningú, encara serà pitjor. La resta dels amos gairebé no tenen patrimoni i de vegades ni tan sols no donen menjar als esclaus. Si acabes amb qualsevol altre, hauràs de treballar exactament igual, i a sobre aniràs pel carrer pidolant un tros de pa.

–Ostres, tu –vaig dir, una mica atabalat–. Llavors, suposant que pogués escollir, amb qui haig d'anar? A qui he de provar de caure-li bé? Els miro i no hi ha ningú que em convenci.

–Ja t'ho he dit abans. Si només et guies per la vista, et perdràs moltes coses de la vida.

Com a frase sonava molt bé.

Però no tenia temps de pensar què significava.

Estaven a punt de subhastar-me en un mercat d'esclaus.

No és una cosa que passi cada dia.

–Qui serà el primer o la primera que subhastaran? –va preguntar la Cecília Àtica de dalt de la columna estant–. Algun voluntari entre els esclaus acabats d'arribar? Algun valent?

–Jo! –va exclamar algú a l'acte.

Tots es van girar cap a la persona que havia fet un pas endavant:

El meu germà Santi.

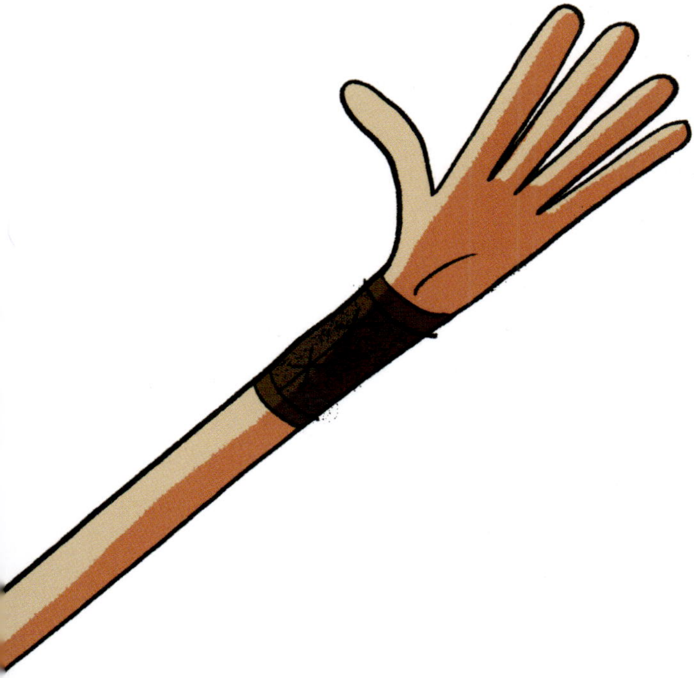

8

–Soc més fort del que semblo a primera vista. Soc ràpid, astut i sobretot puc garantir que no trobaran en tot l'Imperi ningú més valent que jo.

El meu germà era al peu de l'escalinata.

S'havia ofert voluntari per començar la subhasta.

Provava de convèncer les famílies que seria una bona compra.

Una cosa sí que calia reconèixer:

Que semblava que ho tenia molt clar.

No com jo.

–Noble Servília, amable Caracal·la –va continuar dient davant de tothom; fins i tot s'havia après el nom de cada un!–, si em compreu, prometo que seré el gladiador més ferotge del circ. Mai no s'haurà vist un guerrer igual a Numítor.

–No diguis bestieses! –va saltar el meu pare–. Si fa dos dies encara no que havies de dormir amb el llum encès perquè tenies por!

–Pare!

Alguns dels compradors van esclatar a riure.

–Que guardin silenci, la resta d'esclaus! –va manar l'Àtica–. Comença la subhasta amb el noi voluntari! Preu de sortida: mil denaris de plata!

Es va sentir un murmuri entre els compradors. Parlaven entre ells, no gaire convençuts.

–T'has passat de la ratlla amb aquest preu! –va cridar algú.

–Ni que fos un esclau de luxe! –va protestar un altre.

–Si només té la pell i l'os!

–Ningú no n'ofereix mil? –va preguntar l'Àtica–. És un noi molt despert, una mica esprimatxat, sí, però està sa i ben alimentat.

–Puc lluitar contra els gladiadors més temibles, ho prometo! –va insistir el Santi–. Compreu-me, Servília, si us plau!

–Ara mateix no busco un esclau de les teves característiques –va replicar la Servília–, però ja que hi tens tant d'interès..., n'ofereixo deu denaris.

La Cecília Àtica de poc que no cau de la columna, en sentir-ho.

–Però si el preu de sortida són mil denaris! –va protestar la dona vestida de negre.

–Jo n'ofereixo deu –va reiterar la Servília–. Ni una moneda més.

–Gràcies, noble senyora –va dir el meu germà, fent una reverència.

Era molt estrany de veure el Santi tan educat, ell que sempre protestava per tot.

–En fi –es va resignar l'Àtica–, si ningú no en dona més...

–Jo n'ofereixo vint denaris!

Tots van girar-se cap a l'esquerra de la plaça.

El que havia parlat era l'home de la creu blava, els del servei domèstic.

–Domicià l'Útil n'ha ofert vint –va recapitular l'Àtica–, sembla que la cosa s'anima... algú en dona més?

Tothom es va quedar mirant la Servília, per si de cas feia una altra oferta, però ella no es va immutar.

–Si us plau, senyora –va implorar el Santi, posant-se de genolls i tot–, si em compreu no us en penedireu pas.

–No podem estar tot el dia discutint per un sol esclau –va dir l'Àtica–. Algú apuja l'oferta a més de vint denaris? A la una..., a les dues...

El fill de la Servília va dir alguna cosa a l'orella de la seva mare. Ella va aixecar la mà. Semblava que anés a oferir una suma pel meu germà, que estava expectant.

Però en lloc d'això va dir:

–No m'interessa. Que t'aprofiti, Domicià.

–I a les tres! –va concloure la dona vestida de negre de la columna estant–. L'esclau ha estat venut a la família de Domicià l'Útil per vint denaris de plata. El següent!

–Però no pot ser..., és un error... –es va lamentar el Santi–. No penso escombrar, ni fregar, no res de tot això...

–Faràs el que et manin! –va dir el cònsol des del seu tron.

Dos soldats van arrossegar el Santi fins a la creu blava i el van posar al mig. Estava a punt de plorar. Els fills del Domicià van anar cap a ell, divertits, i se'l van mirar de prop, com qui acaba de comprar-se una joguina.

–El teu germà ha estat molt de sort –em va dir el Publi–. Un escarransit com ell no hauria durat ni mig minut, al circ.

El Santi no semblava gaire content, precisament.

La subhasta va continuar com estava previst.

L'Àtica anunciava cada un dels esclaus, i els caps de família anaven licitant segons els seus gustos.

A la meva germana Susanna i a la Maria les va comprar l'Octàvia, l'àugur del temple.

A la Maria del Carme, els panxuts de les mines, el Tiberi i la seva família.

Al meu pare, Galba i els seus familiars.

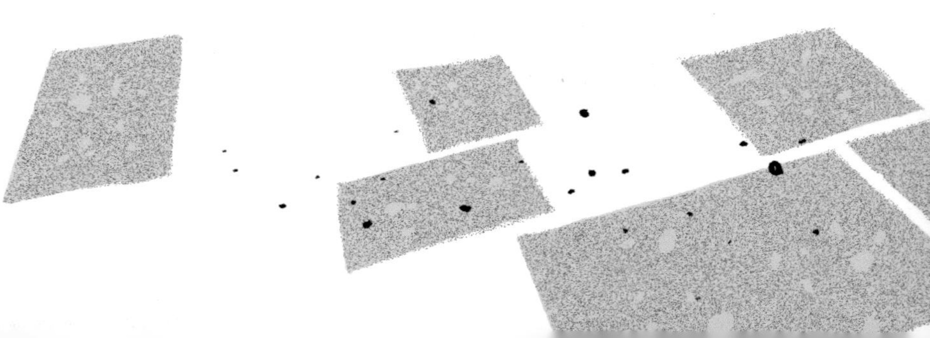

—Jo em pensava que el cònsol em triaria per a la legió —va rebufar el meu pare—. Tinc fusta per al combat, ja m'ho deien a l'Acadèmia municipal.

Però igual que el meu germà i la resta d'esclaus, ell tampoc no podia triar. Se l'emportarien als camps de blat i blat de moro a treballar sense dir ni piu. Al final semblava que era veritat, que ens separarien.

Allò no pintava gens bé.

Des que havíem començat els viatges a través del temps, era la primera vegada que ens obligaven a separar-nos.

Fins aleshores havíem superat molts perills perquè sempre havíem estat junts.

Aquell mercat d'esclaus, però, podia suposar un canvi definitiu.

Hauríem de trobar la manera de sobreviure separats.

I, al mateix temps, continuar buscant la forma de tornar cap a casa.

La situació es complicava per moments.

La subhasta va prosseguir a bon ritme. Uns i altres oferien grans quantitats de diners pels esclaus més forts.

Al Màxim, per exemple, va comprar-lo la Servília per al circ per mil cinc-cents denaris.

El mateix destí va tocar al Publi Escipió. Tot i que era molt gran i cec, es veu que havien sentit parlar de les meravelles que feia amb el bastó. La Servília va dir que seria una bona atracció i en va pagar sis-cents denaris de plata.

Ja s'havien subhastat pràcticament tots els esclaus.

Com que gairebé ja era de nit, molt espectadors s'havien anat retirant de la plaça. Bé perquè havien pogut comprar algun esclau dels que les famílies principals havien rebutjat, o bé perquè s'havien cansat d'esperar.

El cas és que quedava molta menys gent, a la plaça.

–Estem a punt d'acabar! –va anunciar l'Àtica–. Només queda el darrer lot.

Aleshores em vaig adonar que tot just quedàvem dos esclaus darrere de l'estàtua de Júpiter.

Els dos últims.

Érem la Clàudia Gaia.

I jo mateix.

Ens vam mirar, esfereïts.

–No se'n vagin, encara! –va exclamar la dona vestida de negre–. Per acabar tenim dos esclaus molt valuosos. Els vendrem al mateix lot, una oportunitat única: dos pel preu d'un!

La Clàudia em va donar la mà.

I vam caminar plegats cap a l'escalinata.

–No t'hi amoïnis –va dir–, passi el que passi estarem junts per sempre.

–Ah, ja, així sí –vaig replicar, una mica tallat.

Gairebé no coneixia de res aquella noieta.

Reconec que era molt simpàtica, i molt guapa, i molt... rossa.

Però no tenia cap intenció de quedar-me amb ella en aquell lloc i ser un esclau per sempre.

–Que bufons! –va dir l'Octàvia en veure'ns–. Serien ideals per a un sacrifici humà amb la lluna nova! Ofereixo trenta denaris per tots dos!

Un sacrifici humà?

Tenia l'esperança que ens comprés algú amb més bones intencions.

–Un moment, si us plau! –va demanar l'Àtica–. Encara no he dit el preu de sortida.

–Tant se val –va dir el Galba–. Si tothom ofereix el que li dona la gana, aquí. Vinga, acabem-ho com més aviat millor. Ofereixo quaranta denaris pels dos esclaus petits.

–Us suplico que tingueu una mica de respecte a les normes –va insistir l'Àtica–. El mercat de Numítor té una antiguitat de segles, i sempre s'hi ha seguit un protocol molt estricte. No podem començar la subhasta de qualsevol manera! Primer de tot ha de fixar un preu la directora del mercat, o sigui jo!

–Doncs digues el preu d'una vegada –va protestar el Galba.

–Pare, compra'm els nens! –va exigir un dels fills rabassuts del Tiberi mentre m'assenyalava amb el dit–. Els vull per jugar-hi a Tortures i Masmorres!

Mai no havia sentit parlar d'aquell joc, però no pintava gaire bé, francament.

–Tot sigui per fer content el meu fill –va dir el Tiberi–. Ofereixo cinquanta denaris pels dos!

–Seixanta! –va replicar l'Octàvia.

–Setanta! –va dir el Galba.

–Vuitanta! –va afegir l'Octàvia.

–Ofereix més, pare, que ho fan per fer-nos la guitza –va protestar el fill grassonet del Tiberi–. Vull els nens, vull els nens, vull els nens!

–Ja te'ls compro, però para de fer brams! –va dir el Tiberi, posant-se molt seriós–. Ofereixo cent denaris de plata pel lot! És la meva última oferta!

Un murmuri va recórrer la plaça. Es veu que eren molts diners per dos marrecs com nosaltres.

–Que encara no es pot començar! –va cridar, desesperada, la Cecília Àtica de dalt de la columna estant, en veure que no li feien cas–. Ja no sé com ho haig de dir! S'anul·len totes les ofertes fins que no digui el preu de sortida!

–Dona, tampoc no cal que t'ho prenguis així –hi va intervenir des del seu tron el cònsol, que semblava que tenia ganes que s'acabés tot–. Cent denaris és una bona oferta per aquest parell de caganius.

–Una oferta superlativa –va subratllar el Tiberi.

Em vaig quedar mirant el toixó aquell que havia ofert més diners per nosaltres. Quan son fill es cansés de jugar amb nosaltres, llavors pot ser que ens fes anar a les mines.

Però no podia fer res per evitar-ho.

–D'acord, tal com ordena el cònsol, accelerararem una mica la cosa –va concedir l'Àtica–. S'obre la subhasta a cent denaris de plata pels dos últims esclaus del dia. Algú n'ofereix cent?

I va girar-se cap al Tiberi i la seva família, com dient «deus estar satisfet».

L'amo de les mines, però, s'hi va repensar i va dir:

–N'ofereixo noranta.

–Com vols abaixar el preu, ara? –va preguntar l'Àtica, enfurida–. No pot ser! Si fa un moment n'havies ofert cent denaris!

–Sí que pot ser –va replicar ell–, perquè, com has dit molt bé, la subhasta acaba de començar oficialment, i per tant puc oferir el que vulgui. Noranta denaris de plata i s'ha acabat!

La Cecília Àtica va haver de reprimir-se per no discutir.

–Això és molt irregular, Tiberi! –va dir–. Però és molt tard i estem tots cansadíssims. S'accepta l'oferta de noranta denaris! Algú en dona més?

Vaig mirar les altres famílies. Potser el Domicià podria licitar per nosaltres. Seria millor anar-nos-en amb ell que acabar en una mina. A més, així podria estar amb mon germà, si més no. O potser l'Octàvia...

–A la una! A les dues!

Vaig aclucar els ulls i vaig pensar amb totes les meves forces:

«Si us plau, si us plau, no vull anar a les mines.

Que algú ofereixi més diners.»

–I a les...

–N'ofereixo mil, jo!

Eh?

Qui ho havia dit?

Vaig obrir els ulls.

Tothom clavava els ulls sobre la dona que dirigia el circ.

La Servília Pòstuma Victorina va exclamar:

–Mil denaris de plata per la parelleta encantadora!

9

–Lot venut a la Servília, de la família Macrí, per mil denaris!

–Veniu amb mi, menuts –va dir la dona, fent-nos un signe amb la mà.

Em vaig empassar la saliva.

No volia anar a cap mina, jo.

Però encara menys combatre al circ!

–Com a mínim estarem junts –em va tornar a dir la Clàudia Gaia.

–Doncs que bé –vaig fer.

Uns soldats ens van empènyer per fer-nos col·locar sobre la creu de color negre.

–No us preocupeu –va dir el Caracal·la, el fill de la Servília–. La meva mare té pensat un espectacle molt divertit amb vosaltres, ja ho veureu.

–Xxxxxxxxxt –hi va intervenir la Servília–. No expliquis res, fill meu. Serà tota una sorpresa. El circ de Numítor sempre reserva sorpreses insondables!

I tots dos van riure com si en tramessin alguna.

–Així s'acaba la subhasta del gran mercat d'esclaus! –va dir l'Àtica com a conclusió–. Que els déus us siguin propicis, i que els vostres esclaus acabats d'adquirir portin la fortuna a les vostres llars! Recordeu que hi haurà una altra subhasta abans de les pròximes calendes!

–Que sí, que sí –va replicar un home que no semblava gaire content.

–A veure si per a la pròxima porten millor mercaderia –va dir un altre.

–Jo necessito dues bones cuineres –va afegir una dona.

–I jo un jardiner.

–Abans sempre hi havia on triar, i ara guaita...

El cònsol es va posar dret i va dirigir-se a la seva llitera.

No s'hi veia gaire, encara que havien encès torxes per tota la plaça.

–A sopar, que ja és hora –va dir el Flavi.

El falcó també va remuntar el vol.

Tots recollien les seves coses i es preparaven per anar-se'n.

El Publi Escipió se'm va acostar i em va dir:

–T'he advertit que el circ era el lloc pitjor.

–Però no he pogut fer-hi res –em vaig defensar.

–Sempre s'hi pot fer alguna cosa.

–Tu ens pots ensenyar a lluitar –va dir la Clàudia.

–Ja soc molt gran, jo –va replicar ell–. I no hi veig gens. A la meva edat ja tinc prou feina a ocupar-me de mi mateix.

–Què farem, doncs? –vaig preguntar.

–Doncs el mateix que tothom! –va intervenir el Màxim, que també era a sobre de la creu negra–. Lluitar i resar a Mart, déu de la guerra!

–Jo mai no he sabut lluitar –vaig admetre.

–Aquí no tindràs altre remei que fer-ho, petit estranger –em va assegurar el Màxim.

De sobte, aquell homenàs va canviar de cara en veure que la Maria del Carme s'allunyava amb els esclaus del Tiberi. Llavors va anar cap a ella i va exclamar:

–Esposa meva, no puc estar al teu costat, però et duré sempre al cor!

La Maria del Carme es va girar i, en veure qui era, va respondre:

–Que no soc la teva esposa ni ho seré mai, a veure si t'ho fiques al cap!

–Quan empunyi l'espasa a l'arena del circ, estaré pensant en tu! –va insistir el Màxim.

–Doncs quan jo sigui a les mines de coure, et prometo que no pensaré pas en tu! Oblida'm d'una vegada!

La família del Tiberi i el seu seguici van ser els primers a sortir de la plaça.

–Quin caràcter que té la meva promesa, estem fets l'un per a l'altre –va dir el Màxim, mirant la Maria del Carme quan anava a girar a la cantonada–. El destí farà que tornem a estar junts!

–Espero que no! –va respondre ella al lluny.

I va desaparèixer al costat dels seus amos i companys nous.

Tothom s'anava dispersant.

El meu pare i els nous reclutes de la legió també s'havien posat en marxa.

–Sigueu forts i porteu-vos bé! –ens va dir el pare–. Vindré a buscar-vos ben aviat!

–Tu no vindràs a buscar ningú! –el va renyar el Gaius, que havia tornat a la plaça per dirigir els soldats–. Ara pertanys a la Legió del Falcó!

I li va donar un escut enorme, que el pare va sostenir amb penes i treballs.

–Sí, senyor!

Mentre sortien en formació, darrere del Gaius, el pare em va mirar provant d'animar-me.

Però allò tenia molt mala pinta, francament.

A on ens devien portar a cada un?

Fos on fos, a llocs molt diferents. I de moment no podíem impedir-ho pas.

Em vaig demanar quant de temps hauríem de restar en aquell lloc com a esclaus. Ara per ara valia més que comencés a rumiar alguna cosa.

Totes les famílies estaven acabant d'organitzar-se. Alguns ja sortien de la plaça, d'altres feien el recompte d'esclaus i pagaven el que havien acordat a la subhasta.

–Tià –va dir algú darrere meu.

Em vaig girar. Era la Maria, la meva veïna.

–Hola –va dir.

–Hola –vaig respondre tot nerviós–. T'ha tocat amb l'Octàvia i les seves filles al temple.

–Sí, en fi –va replicar ella–. El més important és que no deixem d'estar units, encara que ens separin.

–I com es fa, això?

–No en tinc ni idea –va dir la Maria, desolada.

–Vinga, noia, vine aquí! –la va cridar l'Octàvia, que ordenava els seus esclaus i esclaves nous–. No et barregis amb la gent del circ!

–Ja vinc! –va respondre la Maria. Em va mirar fixament i em va xiuxiuejar no sé què–. T'he de donar una cosa.

Vaig abaixar la vista i em vaig adonar que tenia un objecte a la mà.

Era un aparell petit, de color negre, que jo coneixia força bé...

El meu telèfon mòbil!

El meu Sephorosa 9.0.

–Però... –vaig fer–, em pensava que l'havia perdut a Black Rock, durant el primer viatge pel temps.

Ella va negar amb el cap.

I em va ensenyar l'altra mà.

Hi havia un altre mòbil de color gris.

–Els he tingut amagats des d'aleshores –va explicar la Maria–. Els nostres telèfons mòbils.

–Per què? Com és això? –vaig preguntar, tot nerviós.

Es va tornar a sentir la veu de l'Octàvia, uns quants metres més enllà.

–És l'última vegada que t'ho dic, noia! Vine amb la teva nova família, ara mateix!

–Sí, perdó –va respondre ella–. Ja vinc, noble Octàvia!

Es va girar cap a mi per donar-me el mòbil.

–Els he guardat per a una emergència –va dir, arrufant el nas–. I és evident que això és una emergència. No crec que tornin a funcionar, però potser ens poden servir d'ajuda, vés a saber. Queda-te'l.

La Maria va retrocedir.

Era un comiat.

De sobte em vaig sentir molt trist.

No sabia quan tornaria a veure-la.

–Tornarem a casa junts, n'estic segur –vaig dir.

–Potser t'estimes més quedar-te amb la rossa, ara –va replicar ella, cosa que em va deixar molt tallat.

Vaig negar amb el cap.

Però no vaig poder dir res.

Va fer mitja volta. I va acostar-se a les àugurs del temple, les seves noves mestresses. Totes anaven vestides de blanc. I caminaven amb un aire molt solemne.

També hi havia la meva germana Susanna, que parlava amb les filles de l'Octàvia.

–Doncs jo sé tocar el trombó –deia–. Pot ser molt útil, al temple.

–Què és un trombó? –va preguntar una.

–Com una trompeta, però molt més gros. A la meva escola, soc la que el toca més bé. Us en puc ensenyar, si voleu...

Vaig deixar d'escoltar-les. Al cap d'un moment, la família de l'Octàvia també va sortir de la plaça.

M'hauria agradat dir moltes coses a la Maria.

Que no volia quedar-me amb cap noia rossa.

Que volia tornar a Badia del Vallès amb ella, mons germans, el pare i la Maria del Carme.

Que no m'agradava gens que ens separessin.

Que la trobaria a faltar.

Que em feia una mica de por, tot el que passava...

Ja no vaig poder dir res, però.

Tothom havia marxat de la plaça, inclosos els soldats.

Tothom llevat de nosaltres.

La família de la Servília Pòstuma Victorina Macrí i el seu estendard negre.

Aquella dona s'havia col·locat davant nostre i ens observava. El petit Caracal·la era al seu costat.

–Sabeu per què som els últims a marxar d'aquest lloc? –va preguntar la Servília en veu molt alta.

Va haver-hi un murmuri. Ningú no gosava respondre.

–Perquè nosaltres, al contrari de la resta, no tenim por de la nit –va dir molt seriosa–. No tenim por de res. A partir d'ara, oblideu tot el que heu estat. Des d'aquest moment, sou gladiadors del circ de Numítor! Sou genets, combatents i lluitadors! Esteu disposats a lluitar?

–Síííííí –van contestar alhora alguns esclaus, amb el Màxim al capdavant.

–Esteu disposats a oferir un espectacle que meravelli els mateixos déus?

–Síííííí.

–Esteu disposats a rebre l'honor del circ?

–Sííííííí.

Fins i tot la Clàudia va cridar amb els altres.

–Esteu disposats a desafiar les bèsties salvatges, els guerrers d'altres terres, els perills més grans que pugueu imaginar?

–Síííííííííííí!

Només hi havia dos esclaus que restaven en silenci.

L'un era el Publi Escipió. A peu dret. Agafat al seu bastó. Sense fer ni dir res.

L'altre era jo.

Vaig estrènyer el mòbil.

I vaig respirar fondo.

L'Octàvia va emprendre la marxa, donant la mà al seu fill Caracal·la.

Tots els altres els vam seguir.

Aleshores vam sentir una veu.

–Perdó, algú em podria baixar d'aquí dalt?

Ens vam girar. I vam aixecar la vista.

Al damunt de la columna enorme, al mig de la plaça, hi havia la Cecília Àtica Major, tota digna.

–És que em sembla que s'han oblidat de mi.

10

Per un forat de les fustes del sostre es podia veure el cel estelat.

Aquella nit, semblava que les estrelles lluïssin amb més força.

Ens havien portat a la mansió enorme de la Servília. Era un casalot gegant, amb diversos patis i murs molt alts pintats de negre. Havia quedat clar que el negre era el color de la casa de Macrí.

Ella i el seu fill Caracal·la s'havia retirat a les seves respectives cambres.

Mentrestant, els esclaus érem en una mena de cobert. Havíem de dormir sobre la palla que hi havia amuntegada.

No s'hi estava malament del tot, francament, tot i que no teníem llit, ni llençols, ni parets.

L'únic que hi havia al nostre voltant eren unes columnes de fusta que sostenien el sostre, el qual, com ja he dit, tenia uns quants forats per on es veia el cel.

Jo estava estirat, amb els ulls oberts, observant les estrelles. N'hi havia un munt. I brillaven moltíssim. Em vaig demanar si a Badia devien brillar igual, ara mateix.

Em vaig posar la mà al cinturó per palpar el que havia guardat sota la túnica: el telèfon mòbil que m'havia donat la Maria.

El meu Sephorosa 9.0 tronat.

No sé com el devia haver amagat tant de temps, la meva veïna, sense dir-me'n res.

I tampoc no sé si em faria cap servei.

No creia pas que funcionés, en ple Imperi romà, gairebé dos mil anys abans que s'inventessin els mòbils.

El vaig treure i vaig donar-hi un cop d'ull discretament.

Vaig prémer el botó per posar-lo en marxa.

I, miraculosament... es va engegar!

Vaig teclejar la clau d'accés: 1234.

En fi, ja sé que no és gaire original, però és que no havia tingut temps de canviar-la i posar-hi una contrasenya particular.

Bateria: 35%

Més del que m'imaginava.

Cobertura...

Zero.

Ni una ratlleta.

Com és lògic.

No obstant això, aquell aparell em podia ser molt útil.

Arribat el moment, podria fer servir alguna de les seves aplicacions.

–Que dorms?

Una veu em va clavar un bon ensurt.

Em vaig guardar ràpidament el telèfon.

Em vaig girar. Era la Clàudia Gaia, molt a prop meu. Em mirava somrient.

–Que t'he despertat? –em va preguntar, apartant-se els cabells rossos de la cara.

–No, no –vaig respondre–. Pensava en les meves coses.

Es va ajeure al meu costat i va dir:

–Avui Mart està enfadat.

–Eh?

–Mart, el déu de la guerra –va replicar, assenyalant el cel–. L'estrella més vermellosa. La veus?

Era veritat que hi havia una estrella una mica més vermella que les altres.

Suposo que es referia a això.

–No et van explicar com es deien les estrelles, al lloc d'on vens?

–Daixò, sí, més o menys –vaig respondre. I vaig estar a punt de dir-li que al lloc d'on venia Mart no era cap déu, sinó un planeta més.

–Quan s'enfada es posa vermell –em va aclarir.

–Al meu barri tenim per costum demanar desitjos als estels, sobretot als fugaços –vaig explicar.

–Què són els estels fugaços?

–Doncs aquells que es mouen i travessen el cel ràpidament.

–Ah, les llàgrimes d'or –va fer ella–. Es veuen quan els déus estan tristos i es posen a plorar. Demaneu desitjos a les llàgrimes d'or? Quina gràcia!

–Ja ho veus, a Badia del Vallès som així.

Déus que ploraven llàgrimes d'or? Era la primera vegada en ma vida que sentia una cosa semblant.

La Clàudia es va incorporar i se'm va quedar mirant.

–Vols veure una cosa increïble?

–Mmmmm...., no ho sé –vaig respondre, tot preocupat.

–Au, vinga –va insistir.

Es va posar dreta i em va fer un gest perquè la seguís.

Què més podia fer?

Em vaig aixecar provant de no fer soroll. La vaig seguir pel cobert, on hi havia alguns esclaus adormits. En un racó vaig veure el Màxim que roncava.

Vam sortir al pati.

Estava il·luminat únicament per la claror de la lluna i les estrelles.

Vaig alçar la mirada i vaig veure al fons el gran turó als afores de la ciutat, just sota la lluna.

La Clàudia, tota decidida, va continuar fins a la porta exterior. S'hi va acostar i va posar-se a empènyer una biga enorme per obrir-la.

–Ajuda'm, que pesa molt –va xiuxiuejar.

–Sí, perdona.

Entre tots dos, vam aixecar aquella biga amb moltíssim d'esforç.

Va caure a terra amb un gran terrabastall.

CATACLONC

Ens vam quedar ben quiets, imaginant-nos que algú de la casa trauria el cap i ens enxamparia escapant-nos a mitjanit.

Però va passar una estona i ningú no es bellugava.

De manera que vam creuar la porta i vam sortir al carrer.

–Es pot saber a on anem? –vaig fer.

–A un lloc secret –va respondre–. Et fa por?

–No, no, jo no en tinc, de por –vaig dir.

Em va mirar com si no em cregués.

–D'acord –vaig admetre–, una mica sí.

–No pateixis, que amb mi estàs segur.

La Clàudia Gaia em va donar la mà.

I vam recórrer plegats els carrers de Numítor.

No es veia ningú.

–Què passarà si la Servília ens enxampa fugint? –vaig preguntar, amoïnat, mentre caminàvem.

–D'aquí a no gaire hi tornarem i no ho sabrà ningú.

–Ja, ja, però... i si ens enxampa?

–Bé, doncs el càstig per als esclaus que s'escapen sense permís són cent fuetades. Tampoc no n'hi ha per tant.

–Cent fuetades!? –vaig exclamar, esfereït.

Ella va riure.

–Que no, ruc –va dir–. Que t'ho has cregut?

–Sí que m'ho he cregut, francament.

–Els amos no són tan dolents.

–És clar, ja m'ho imagino.

–Per escapar-se només són... cinquanta fuetades. Hahahahaha!

I no parava de riure.

Tot i que a mi no em feia cap gràcia.

No m'agradava ser esclau.

No m'agradava que m'haguessin separat de la meva família.

I, per descomptat, no m'agradava que em poguessin donar cinquanta fuetades per escapar-me.

–Ja hem arribat –va anunciar la Clàudia.

Vaig mirar al meu voltant.

No es veia absolutament res.

–Ja? –vaig fer, desconcertat.

Ella va afirmar amb el cap.

Va acotar-se.

Va picar a terra amb el puny, com si truqués a una porta.

Pom pom pom.

I va pronunciar unes paraules:

–*Servorum ad libertatem!*

Que no tinc ni idea del que volien dir.

Al cap d'uns moments, el terra va començar a moure's.

Ho prometo.

El carrer va començar a tremolar.

De sota venia un soroll com de cadenes.

Un soroll que cada vegada sonava més fort...

I, de cop i volta, al mig del carrer es va obrir una trapa enorme!

Al mig del carrer havia aparegut un forat.

Com si fos la cosa més normal del món, la Clàudia va acostar-se al forat, s'hi va ficar a dins i va anar baixant per una mena d'escales. Es va perdre de vista a l'interior, davant dels meus ulls.

Jo no m'havia mogut.

Estava tan impressionat que no em sabia avenir del que passava.

No sabia si marxar corrents.

O demanar auxili.

O què.

La Clàudia va treure el cap per la trapa, tot dient:

–Vinga! Es pot saber què esperes?

–Vols que entri en aquest forat? –vaig preguntar amb desconfiança.

–No és cap forat –va explicar–. Són les catacumbes de Numítor.

–I què significa, això?

–Significa que paris de fer preguntes i vinguis d'una vegada.

Em vaig empassar la saliva.

I vas dir, no gaire convençut:

–D'acord.

Vaig avançar un pas.

I després un altre.

I vaig ficar-me en aquell forat estret i fosc.

El túnel era llarguíssim.

I desembocava en un d'encara més llarg.

A les parets hi havia unes quantes torxes penjades.

Amb prou feines s'hi veia res.

Vam tombar a l'esquerra i vam avançar per un altre túnel.

I després per un altre.

Semblava un laberint, allò.

–Estàs segur que saps a on anem?

–És clar que ho sé. Ja t'ho he dit: són les catacumbes de la ciutat. Tots els esclaus les coneixen.

–Perdona, però les catacumbes, què són exactament?

–Quina pregunta. Tothom sap que les catacumbes són cementiris subterranis.

–Què!?

–Aquí és on enterren els esclaus.

–Et refereixes a un cementiri... cementiri? Amb les seves tombes? I els seus... morts?

–Xxxxxxxxxt.

Allò no m'agradava gens.

Per què construïen cementiris sota terra?

Per què hi havíem entrat?

I si només hi havia tombes, el més important de tot:

Per què em manava que callés?

Vaig observar una de les parets de pedra. Hi havia molt poca llum, però en fixar-m'hi més bé vaig veure que tenia una mena de nínxol a banda i banda.

Érem al mig d'un cementiri subterrani!

Envoltats de tombes!

A mitjanit!

Tots dos sols!

–Però què hi fem, aquí? –vaig exclamar–. Vull marxar ara mateix!

–Xxxxxxxxxt –va repetir ella–. Guaita.

Al final del túnel que travessàvem aleshores es distingia una llum.

M'hi vaig acostar a poc a poc, atemorit.

I davant meu va aparèixer... una gran esplanada plena de gent.

Hi havia centenars de persones.

Estaven assegudes, formant una rotllana, en silenci,

Al centre d'aquell lloc enorme hi havia una pedra petita rectangular.

La Clàudia era al meu costat, molt a prop. Tots dos contemplàvem aquella cova plena d'homes i dones.

–Tots són esclaus –va murmurar la Clàudia.

–I què fan? –vaig preguntar.

–S'esperen.

–Ah –vaig fer, sense entendre res.

Ningú no badava boca. Seien amb posat pensatiu. Semblava que miressin la pedra que hi havia al mig.

Estava a punt de preguntar què esperaven exactament, quan tot d'una es va posar dret un home amb una barba blanca molt llarga i va aixecar els braços.

Era el Publi Escipió.

Es veu que ell també s'havia escapat del cobert.

Amb les mans aixecades, va exclamar:

–*Servorum ad libertatem!*

I tots els presents van repetir:

–*Servorum ad libertatem!*

En veure la cara que feia, la Clàudia em va dir:

–Significa «llibertat per als esclaus».

–Ah, *servorum ad libertatem* –vaig repetir.

En aquell moment, tots es van girar cap a mi de sobte.

Els centenars de persones reunides allà se'm van quedar mirant.

La Clàudia va assenyalar-me i va dir:

–Aquí el teniu!

I tot seguit em va donar una empenteta per fer-me avançar.

No tenia ni idea del que passava, jo.

En veure aquella gentada que m'observava, vaig dir:

–Hola, bona nit.

Una dona gran em va donar un cop d'ull i va dir:

–Doncs no sembla gran cosa.

Un altre home va assegurar:

–És un noiet normal i corrent.

De cop i volta, semblava que tots opinessin sobre mi.

–És una mica baixet.

–Sembla simpàtic.

–I divertit.

–Què és això que porta als ulls?

Fins que el Publi va alçar la veu i va dir:

–Ja n'hi ha prou! Tothom en silenci!

I tothom va callar en sec.

El Publi va aixecar la barbeta i va agafar una torxa que tenia a la vora. El foc se li reflectia als ulls grossos i blancs. Va caminar repenjat al bastó fins al centre de la gruta. Un cop hi va ser es va adreçar a mi.

–Sebastià de Badia del Vallès –va pronunciar tot solemne–, fa molt de temps que t'esperem.

–A mi?

–Ets l'esperança de tots els esclaus de Numítor i potser de tots els esclaus de l'Imperi –va dir.

–Ah, no ho sabia.

Es veia d'una hora lluny que allò era un error.

No sé qui es pensava que era jo, però es confonien.

–Acosta't! –va ordenar el Publi aixecant la veu.

Vaig creuar una mirada amb la Clàudia, que estava molt a prop meu. Amb un gest va animar-me que li fes cas.

No tenia cap altre remei.

Vaig travessar aquell lloc estrany, entre els murmuris de tots.

I vaig arribar a la part central de la cova, on m'esperava el Publi.

–Saps quants esclaus hi ha a Numítor? –em va preguntar.

–Mmmmm, no ho sé... mil? Dos mil?

–Cent mil esclaus! –va respondre ell.

–Això són molts esclaus.

–I saps quants n'hi ha a tot l'Imperi?

Vaig provar de calcular-ho mentalment. Havien de ser molts, això segur. Em vaig sentir com si estigués en un d'aquells concursos de televisió on el temps passa a tota velocitat i has de contestar a preguntes impossibles.

Em vaig arriscar.

–Un milió d'esclaus! –vaig dir.

–Moltíssims més, menut –va murmurar–. Hi ha vint milions d'esclaus, pel cap baix.

Vaig provar de fer-me'n una idea.

Es veu que n'hi havia més dels que m'imaginava.

–I saps què passaria si un dia aquests milions d'esclaus diguessin «prou»? Si un dia diguéssim «volem ser lliures»?

–Doncs suposo que s'armaria un bon daltabaix.

–El que passaria, Sebastià de Badia del Vallès, és que fins i tot el mateix emperador es posaria a tremolar. Les legions romanes han vençut els bàrbars, els grecs, els egipcis, els gals, fins i tot els hispans..., però et garanteixo, et puc assegurar, que no podrien fer res contra els milions d'esclaus si decidissin d'unir-se per demanar la llibertat tots alhora.

–Dit així, em sembla que té tota la raó –vaig respondre–. I ara el deixaré amb les seves coses d'esclaus i me n'aniré, si no els fa res. És que a mi això de les reunions secretes en cementiris no em fa gaire el pes...

–Tu també ets un esclau –em va tallar el Publi–. I si ens reunim aquí, és per tal que no ens descobreixin els amos i els soldats.

–Sí, d'acord..., soc un esclau, però vinc de molt lluny i no conec els vostres costums, i no em vull ficar on no em demanen.

–Ja n'hi ha prou –em va tornar a tallar el Publi, posant-se de genolls al meu davant–. Sebastià de Badia del Vallès, ets l'escollit.

Tots el van imitar i també van posar-se de genolls.

–Perdó –vaig fer–, l'escollit per a què?

–L'escollit per alliberar els esclaus d'arreu del món!

–Jo?

No vaig poder protestar, ni negar-m'hi, ni explicar que tot plegat era un error. Perquè totes les persones agenollades van començar a assenyalar-me i a cridar:

–*Servorum ad libertatem!*

I un altre cop:

–*Servorum ad libertatem!*

Fins i tot la Clàudia estava agenollada i cridava.

Cada vegada més fort.

Tots a una sola veu:

–*Servorum ad libertatem!*

12

El Publi Escipió va aixecar la pedreta rectangular.

En una de les cares hi havia gravada una inscripció.

Em va fer l'efecte que tots els presents, llevat de mi, sabien perfectament què hi deia.

No obstant això, el Publi va llegir-la en veu alta:

> Quattuor oculos
> Adveniat procul regnum
> Faciet lucem
> Erit omnium servos

Tots van fer que sí amb el cap, com si estigués claríssim.

–Algú m'ho pot explicar, si us plau? –vaig demanar.

–És la profecia –va dir la Clàudia Gaia–. Estava escrit que vindries a salvar-nos.

–Ets l'escollit! –va insistir el Publi.

–De debò que no soc cap escollit! –vaig exclamar–. Soc un nen de Badia del Vallès i prou!

–La teva modèstia t'honora, Sebastià de Badia del Vallès –va dir el Publi–. Guia'ns cap a la llibertat. *Servorum ad libertatem!*

–Que no! –vaig cridar–. Que no, que no i que no! No sé pas què hi diu, en aquesta pedra, però no soc pas el que busqueu!

–Sí que l'ets! –va cridar una dona.

–He dit que no!

–Que sí!

–Però quina dèria que us ha agafat! –vaig dir, fart–. Feu el que vulgueu, però jo me'n vaig!

Aleshores, en fer un pas cap a la sortida, em va caure un objecte de la túnica.

El telèfon mòbil.

El Sephorosa va caure a terra davant de tothom.

Un gran oooooooooooooooooooh va ressonar a la cova.

Vaig somriure, tot dissimulant, i el vaig recollir.

–No és res d'especial, és un... aparell... un fòtil que porto a sobre...

No sabia què dir. Mai de la vida no havien vist un telèfon mòbil. I allò, evidentment, no feia sinó augmentar la sensació que era l'escollit.

Em vaig posar nerviós i vaig tocar sense voler un dels botons.

Aleshores va activar-se la llanterna i la llum va sortir de la pantalla.

Van tornar a agenollar-se tots, meravellats.

El Publi va acostar la mà al Sephorosa, sense arribar a tocar-lo, i va dir:

–Faciet lucem... significa que l'escollit «portarà la llum».

–No, de debò, si és una bestiesa... Jo no porto pas la llum, és una casualitat. És un Sephorosa normalet, al meu barri tothom en té un.

–No ho neguis més, Sebastià de Badia del Vallès –va sentenciar el Publi–. La profecia coincideix en tot: «Quattuor oculos», o sigui, «quatre ulls».

Em vaig posar bé les ulleres. És veritat que alguns de l'escola que volien ser massa espavilats en deien així, però no em podia pas imaginar que ho trobaria escrit a la pedra d'una catacumba.

–«Adveniat procul regnum» –va continuar el Publi–: «Vindrà d'un regne llunyà».

Badia del Vallès no era ben bé un regne, sinó un poble normal i corrent, però a veure com els ho explicava.

–«Faciet lucem» –va prosseguir–; com acabem de veure, l'escollit «portarà la llum».

Vaig apagar de seguida la llanterna del Sephorosa 9.0 i me'l vaig tornar a guardar, però em sembla que ja era tard.

–«Erit omnium servus» –va acabar el Publi–: «I alliberarà els esclaus». Està escrit. Sebastià de Badia del Vallès, ets el nostre salvador. Ets... l'escollit per alliberar els esclaus!

–No us equivoqueu, que tot plegat és una coincidència –vaig insistir–. D'acord, reconec que això dels quatre ulls i de la llum és molta casualitat, però el qui va escriure aquesta profecia en realitat es referia a una altra persona...

–Fa molts anys que t'esperem –va tornar a dir el Publi.

Em sembla que no m'escoltaven. Estaven tan entossudits amb la idea que era l'escollit, que no donaven importància a res del que pogués dir.

Tots em miraven, m'assenyalaven i em deien coses.

–Porta'ns a la llibertat.

–Trenca les nostres cadenes.

–Guia'ns amb la llum del déu Simforosa.

–Sephorosa –el vaig corregir.

Només faltava aquesta. Era l'escollit per la profecia, jo. I Sephorosa era un déu. La cosa es complicava per moments.

En veure que estaven tan emocionats, vaig tenir una idea.

Potser els podrà seguir una mica la veta i així aconseguiria que em deixessin en pau.

–I suposant que fos l'escollit –vaig dir–, que no ho soc pas, però suposem que sí, què hauria de fer, ara?

Tots es van posar drets i se'm van quedar mirant, molt seriosos.

El Publi em va assenyalar amb el bastó i em va dir:

–El que has de fer ara és enfrontar-te al cònsol, derrotar la legió i alliberar els cent mil esclaus de Numítor.

De poc si no caic de cul, en sentir-ho.

Enfrontar-me als esclaus de la legió?

Se m'acudia un pla molt més bo: buscar la meva família i les meves veïnes i fugir d'allà cames ajudeu-me.

De moment havia d'escapolir-me d'aquella gruta.

Després ja pensaria com reunir-me amb el pare i els altres.

La gentada encara em mirava amb expectació.

Vaig aixecar la mà i vaig dir:

–D'acord! Ho admeto! Soc l'escollit i he vingut de molt lluny per alliberar els esclaus!

–Ja ho sabia! –va exclamar un home molt gras.

–I jo!

–I jo també!

–És que tens tota la pinta d'escollit!

Semblaven molt satisfets de les meves paraules. La Clàudia em mirava, somrient.

–Ara m'haureu de fer cas en tot allò que us digui! –vaig continuar.

–Tu ets l'escollit –va corroborar el Publi–. Els teus desitjos són ordres.

–Molt bé –vaig replicar–. Abans que res, doncs... que tothom tanqui els ulls. Ara mateix!

Em van obeir a l'acte. Aquells centenars d'homes i dones van tancar els ulls. Fins i tot ho va fer el mateix Publi.

–Heu d'estar així una bona estona! –vaig exclamar, com si es tractés d'un ritual–. I també vull que compteu en veu alta fins a... mil! No, millor... fins a deu mil. Que ningú no obri els ulls ni es bellugui fins que hàgiu arribat a deu mil!

–Fins a deu mil? –va preguntar, estranyada, una dona.

–A l'escollit no se li fan preguntes! A l'escollit se l'obeeix! –vaig replicar–. Fins a deu mil, he dit! Amb els ulls tancats i sense moure-us!

Vaig quedar molt sorprès en veure que em feien cas.

–Un... dos... tres... quatre...

Em sembla que estaven disposats de debò a arribar a deu mil.

Vaig aprofitar l'avinentesa per creuar la cova en silenci.

Havia de fugir.

Vaig travessar els túnels a tota velocitat.

Vaig córrer amb totes les meves forces.

En volia sortir com més aviat millor.

I deixar enrere aquella bogeria de l'escollit.

Em sabia molt i molt greu que hi hagués tants esclaus, era una injustícia com una casa.

Però no podia fer-hi res.

No podia enfrontar-me a la legió, no sabria pas com fer-ho.

Ja en tenia prou intentant tornar cap a casa.

Quan ja feia uns quants minuts que corria, per fi vaig trobar el forat amb la trapa. Al fons, molt de lluny, encara se sentia una remor de veus:

–Cinc-cents vint-i-sis..., cinc-cents vint-i-set...

En tenien per una bona estona.

Vaig pujar els graons, vaig obrir la trapa i vaig sortir al carrer.

No volia saber-ne res més, d'aquelles catacumbes.

No m'agraden els cementiris, i encara menys de nit.

Em vaig posar a córrer pels carrers de Numítor.

Continuaven deserts.

No s'hi veia ningú.

Em semblaven tots iguals.

Em sembla que em vaig perdre. No sabia ben bé on era.

Potser podria desfer el camí i començar altre cop.

Vaig mirar enrere, però no n'estava segur.

En aquella ciutat no es veia res, de nit. Vaig trobar a faltar els fanals de Badia. Aquí era impossible d'orientar-se.

Vaig tirar per un carrer que em sonava.

I en girar la cantonada...

Va topar de morros amb una patrulla de soldats!

–Atura't en nom de la Legió del Falcó! –va exclamar un d'ells, desembeinant l'espasa.

Vaig aixecar les mans.

–Em rendeixo –vaig dir–. No cal que m'apuntis amb aquesta espasa tan punxeguda.

Aleshores, darrere la patrulla va aparèixer una persona que vaig reconèixer de seguida.

La Servília Pòstuma Victorina.

–Sí, és l'esclau que s'ha escapat! –va dir assenyalant-me.

13

El sol brillava molt amunt.

Era un dia molt calorós.

Estava encadenat a la paret d'una cel·la minúscula i rònega. Als turmells hi tenia dos grillons i gairebé no em podia moure.

Els soldats m'hi havien dut després de capturar-me la nit abans.

Ja feia unes hores que estava encadenat.

Esperant.

M'havien deixat un cassó amb aigua.

Res més.

Potser em deixarien allà tancat durant alguns dies i nits. No sabia ben bé on era. Quan em van atrapar els soldats, la Servília tot just els va dir:

–Ja sabeu on l'heu de portar.

I va girar cua.

Havíem creuat la ciutat en silenci. En acabat, els legionaris m'havien ficat allà dins. I s'ha acabat.

A la matinada em vaig adormir una estona.

Però em vaig despertar de seguida.

Estava molt preocupat.

No sabia pas què em farien.

Havia d'explicar a algú que no pertanyia a aquella època.

Que havia viatjat a través d'un forat negre.

I que havien de deixar-me anar.

Buf.

No seria gens fàcil.

Els ensenyaria el mòbil i aleshores m'haurien de creure.

Això mateix.

Quan veiessin les aplicacions del Sephorosa 9.0 entendrien que deia la veritat.

Vaig sentir passos que s'acostaven a la cel·la.

Potser era la Servília. O algun dels soldats. Fos qui fos, estava decidit a explicar-li allò del viatge pel temps.

La porta es va obrir molt a poc a poc, amb un soroll esgarrifós.

Davant meu va aparèixer un paio vestit amb parracs vells i descosits, ben calb, i que caminava tot encongit.

–Hola –vaig dir somrient–, no sé qui ets, però...

–Esmorzar! –em va etzibar, tallant-me en sec.

I em va deixar al davant un plat de fusta amb una pasta de color blanc, que no tenia gaire bona pinta, que diguéssim.

–Ah, moltes gràcies –vaig respondre–, però abans d'esmorzar et vull explicar una cosa...

–Esmorzar! –va repetir, mirant el plat.

El vaig mirar a ell. No semblava gaire disposat a mantenir una conversa amistosa.

–Ja, d'acord, ara mateix em menjaré aquest esmorzar tan apetitós –vaig insistir–, però és que m'agradaria que parléssim un momentet...

Va emetre un so molt desagradable i no em va deixar continuar.

–Grrrrrrrrrrrrrrrr.

–Va bé, va bé.

Vaig agafar el plat de fusta i em vaig disposar a menjar-me aquella pasta blanca. Ja sé que no s'ha de menjar amb les mans, però no vaig veure coberts enlloc. De manera que vaig ficar-hi una mà i em vaig posar a la boca aquella cosa tan rara. Tenia un gust molt estrany, com de puré de patates però més fort.

El paio no em treia els ulls del damunt.

Tot i que no m'agradava gens, ho vaig mastegar una mica i m'ho vaig empassar.

–Mmmmmmmmmm, que bo –vaig dir, provant de fer bona cara.

Vaig agafar un altre grapat de pasta i em vaig disposar a menjar-me-la.

Havia de guanyar-me la seva amistat i aconseguir que m'escoltés.

Després de menjar gairebé mig plat d'aquella pasterada, vaig pensar que podia tornar a provar-ho. L'home encara em mirava fixament, amb desconfiança.

–Com et dius? –vaig preguntar.

Va fer un pas cap a mi.

I va exclamar:

–Esmorzar!

–Que sí, que sí.

Vaig tornar a menjar.

Semblava que era l'únic que tenia al cap, el paio aquell.

El maleït esmorzar.

Suposo que no m'aniria malament alimentar-me una mica, per dolent que fos.

Em vaig asseure i vaig continuar menjant.

Quan ja estava a punt d'acabar, es van tornar a sentir passos. Aquesta vegada semblava que s'acostaven diverses persones.

Vaig aixecar la vista.

El paio es va apartar d'esma en veure que algú anava a creuar la porta, que havia restat oberta.

Dos legionaris enormes van entrar a la cel·la, amb les llances i les espases.

Darrere seu hi anaven la Servília i el seu fill Caracal·la.

Davant meu tenia la dona que m'havia comprat i que després havia manat que m'empresonessin. I el seu fill amb cara de pomes agres.

–Mare, vull que li donin les fuetades! –va dir el noi, assenyalant-me.

–D'acord, maco, espera't un moment –va respondre la mare, girant-se cap a mi–. A veure, esclau, posa't dret.

Vaig deixar el plat en un racó i em vaig aixecar.

–El càstig per escapar-se sense permís és de cinquanta fuetades –em va anunciar la Servília.

–Visca! –va exclamar el seu fill.

Anava a dir alguna cosa, però ella se'm va avançar.

–Però...

Si hi havia un però, és que potser la cosa tenia solució.

–Però t'ofereixo una alternativa –va murmurar la dona.

–Mare, no en vull, d'alternatives –va insistir el Caracal·la–, vull les fuetades!

–Pots estar un segon calladet, si us plau? –li va dir la mare, molt seriosa.

Aquell nano era un capritxós insuportable.

Jo mirava de trobar el moment d'explicar-li quina era la meva situació, tot allò dels viatges pel temps, les tempestes elèctriques i el forat negre, però no hi havia manera de poder ficar-hi cullerada.

–A veure, esclau, et seré molt sincera –em va dir la Servília–. Tinc un problema: s'han escapat alguns esclaus que encara no han aparegut i, per tant, haig de canviar el programa previst del circ. Necessito algú per a un número especial molt bonic que hem preparat. Podria obligar-t'hi, no cal ni dir-ho, però m'estimo més que ho facis d'una manera voluntària i que em prometis que lluitaràs com un veritable gladiador. Si acceptes de participar en aquest número, et perdono les fuetades.

–Mare! Les fuetades no es perdonen!

–Escolta, Caracal·la, no t'ho penso repetir pas: ta mare té un problema urgent relacionat amb el circ i fa els possibles per solucionar-lo. Per tant, fes el favor de callar o te'n penediràs.

El nano va encreuar els braços i li va girar l'esquena, enrabiat.

Com a mínim va callar, però.

–Puc dir una cosa, senyora? –vaig demanar.

Ella se'm va acostar i em va engrapar pels braços com si m'estigués examinant. Jo no em podia moure perquè encara estava encadenat.

–No pots dir res, francament –va respondre–. Només pots parlar quan et pregunti. Que escanyolit que ets, mare meva. Li heu portat menjar?

El paio calb i encongit va assenyalar el plat, tot dient:

–Esmorzar.

–Sí, home, sí –va sospirar la Servília, i se'm va quedar mirant–. En fi, anem per feina. A veure, esclau, què prefereixes? Cinquanta fuetades a la plaça pública? O participar al número especial del circ?

Ben segur que la pregunta tenia trampa.

Per dolent que fos el número especial, però, les fuetades no em semblaven una bona alternativa.

–Jo et recomano el circ, per descomptat –va dir ella–. Si més no, tindràs una oportunitat per defensar-te. Què, doncs? Què tries?

Vaig arronsar les espatlles i vaig respondre:

–El circ.

–Bona elecció! –va exclamar la Servília–. Espero que no em decebis. Un cop a l'arena del circ hauràs de lluitar aferrissadament. Ho promets?

–Ho prometo.

Quin remei.

–Mare –va dir el Caracal·la.

–Què vols, ara?

–Et recordo que el número especial estava pensat perquè lluités una parella d'esclaus.

–Això és veritat –va admetre, pensativa–. Però els millors gladiadors ja estan destinats a altres números. I els altres s'han escapat. Hummmmm... Ja està!

La Servília va fer un somriure esplèndid.

–No hi estaràs tot sol –em va dir–. Lluitaràs amb una parella i així el número farà més goig, i de pas tindràs més possibilitats de sobreviure. Fixa't si has estat de sort.

–Sí, quina sort –vaig murmurar.

–I la teva parella serà...

Va aixecar la vista, buscant algú al seu voltant.

Els dos legionaris van apartar la mirada ràpidament.

Semblava que no els feia gaire gràcia, la possibilitat d'acompanyar-me.

Llavors, la Servília va exclamar:

–Tu!

L'homenet encongit va fer un crit sufocat en veure que l'assenyalava.

I aleshores va tornar a fer aquell so tan estrany, que tant li servia per amenaçar com per demostrar que estava espantat.

–Grrrrrrrrrrrrrrrrrrrrrrr.

–Ja sé que és un honor inesperat –va dir la Servília–, els déus t'han somrigut aquest matí. Has passat de ser un simple escarceller a un gladiador. No tots els esclaus poden dir el mateix. Vaja, vaja, que bé que ens ho passarem.

Fer parella amb aquell paio no em feia gaire il·lusió. Era antipàtic, no parlava i, a més, no tenia pinta de ser un bon lluitador. Tot i que potser pensava el mateix de mi.

–Perdoni, noble Servília –vaig dir, provant de ser tan educat com podia–, ens podria anticipar en què consisteix el número especial del circ?

–I tant que no –va respondre ella.

–I tant que no –va repetir el Caracal·la, mirant-me.

–Si t'ho expliqués, es perdria la sorpresa –va dir la Servília–. Normalment, els meus gladiadors s'entrenen durant mesos abans de saltar a l'arena del circ, però amb tu farem una excepció.

–Quan hauré d'anar al circ? –vaig preguntar, atemorit.

Esperava que almenys quedessin prou dies per buscar-hi una solució.

Potser per tornar a escapar-me.

I trobar la meva família.

La Servília es va girar cap a les finestres de la cel·la.

A l'altra banda se sentia una remor de veus que s'acostaven.

–Quan? –va fer ella.

–És el que he preguntat –vaig murmurar.

Va assenyalar les finestres.

I, per fi, va respondre:

–Noiet estimat, l'espectacle està a punt de començar... Ara mateix!

Algú m'agafava la mà molt fort.

Era el meu escarceller i ara el meu company al circ. Encara semblava més encongit i espantat que abans.

Érem a l'interior d'un túnel amb una rampa que donava directament a l'arena del circ, com als estadis de futbol. Envoltats de legionaris, perquè no ens poguéssim escapar.

Al fons de la rampa, només es veia una llum encegadora.

A fora se sentien crits i aplaudiments, i també cops.

Es veu que hi havia gladiadors que lluitaven.

El centurió Gaius estava al capdavant dels soldats.

Es va girar cap a nosaltres i va exclamar:

–Prepareu-vos, que sou els pròxims!

El meu company estava mort de por.

–Com et dius? –li vaig preguntar.

–Grrrrrrrrrrrrrrrrr –va respondre.

No era la millor manera de fer equip.

Estàvem obligats a combatre junts.

A enfrontar-nos a perills desconeguts.

Havíem de comunicar-nos d'una manera o altra.

–D'acord –vaig dir–, et diré «Esmorzar».

Ell em va mirar amb els ulls esbatanats. No sé si era l'única paraula que sabia dir, però fins aleshores no n'hi havia sentit cap més.

Si havíem de combatre junts, almenys volia saber com anomenar-lo.

–Jo soc el Tià –vaig afegir–. Escolta, el més important de tot és que allà a fora, passi el que passi, ens fem costat.

L'Esmorzar se'm va quedar mirant sense bellugar ni un múscul de la cara.

–Que estiguem junts, units, tu i jo. Ho entens?

Com a única resposta, em va estrènyer la mà.

Amb una mica de sort, aquell gest podia significar que sí.

Aleshores es va obrir la porta metàl·lica que ens separava de l'arena.

I van entrar-hi uns quants gladiadors que tornaven de combatre. Semblaven esgotats, com si acabessin d'entaular una batalla tremenda. A mesura que creuaven el túnel, anaven donant les armes als soldats.

Entre aquells gladiadors vaig reconèixer el Màxim.

Estava tot suat i cobert de brutícia.

Caminava arrossegant els peus.

–Màxim, soc jo –vaig dir–. Com t'ha anat, allà a fora?

Em va mirar, estranyat de veure'm al lloc aquell.

–Menut estranger... –va murmurar en reconèixer-me.

Estava tan cansat que fins i tot li costava de parlar.

–Ha estat molt dur –va fer, molt desanimat.

–Has guanyat, però?

–Sí, sí –va respondre. I de sobte va recordar una cosa que li va canviar l'expressió de la cara–. Has vist la Maria del Carme, la meva futura esposa?

–No l'he vista, em sap greu.

–Si la veus, digues-li que Màxim el Colossal hi pensa cada minut. Si us plau, promet-me que l'hi diràs.

No sabia quan tornaria a veure la Maria del Carme.

Però no volia pas trepitjar les seves il·lusions, se'l veia esgotadíssim.

–T'ho prometo –vaig dir.

Un legionari el va empènyer perquè continués caminant.

–Vinga, els que han acabat que se'n vagin del túnel.

A mesura que s'allunyava, el Màxim va adonar-se que ara em tocava sortir a mi.

Em va mirar i va dir a mitja veu:

–No surtis. Fuig.

No el va sentir ningú més.

Només jo.

Al cap d'un moment se l'enduien amb la resta.

El Gaius va posar-se al mig del túnel i va anunciar:

–Vosaltres dos, ha arribat l'hora!

L'Esmorzar m'estrenyia la mà, encara.

Vam caminar uns quants passos cap a la boca del túnel.

–Quines armes ens donareu? –vaig preguntar.

–El vostre és un número especial –va explicar–. Sense armes.

–Com lluitarem, doncs?

–Això és cosa vostra –va dir el centurió–. Jo compleixo ordres i prou.

–Grrrrrrrrrrrrrrrr –va fer l'Esmorzar.

–Un cop sortiu a l'arena, només hi ha dues normes –va continuar el Gaius–. La primera: abans de començar, és obligatori saludar el cònsol. Us poseu drets davant de la llotja on està assegut, aixequeu el braç i dieu: «Salve, cònsol Flavi Pius Galba Cassi Septimi Vitel·li».

–No sé si me'n recordaré –vaig respondre.

–Val més que te'n recordis –va insistir el centurió, molt seriós.

Em vaig girar cap al meu company. O estava molt equivocat, o era del tot impossible que l'Esmorzar repetís aquella salutació en veu alta. Per la cara que va fer, em sembla que no havia fet ni cas al Gaius.

–I la segona norma? –vaig demanar.

–La segona norma és molt més senzilla –va dir amb un esbufec–. A l'arena tot s'hi val.

–Què vol dir, tot?

–Doncs vol dir que es tracta de vèncer l'adversari com sigui. Sense normes. Ni més ni menys.

Allò cada cop pintava pitjor.

–Ens podries donar una pista sobre l'adversari, si us plau?

–No puc, és una sorpresa.

Tornem-hi amb la sorpresa.

Els soldats van formar dues fileres per deixar-nos passar.

–Prepareu-vos, gladiadors! –va bramar el Gaius.

Se suposa que els gladiadors érem l'Esmorzar i jo.

Quina parella.

Agafats de mans, ens vam dirigir cap a la sortida del túnel.

El soroll que venia de fora era eixordador.

Just abans de sortir, un legionari esprimatxat ens va mirar i va dir:

–Molta sort.

Eren només unes paraules d'ànim, però semblava que les deia de tot cor. Les vaig agrair moltíssim en un moment com aquell.

Mentre pujàvem per la rampa, vaig pensar que trobava a faltar la meva família. El meu pare, el meu germà, fins i tot la meva germana Susanna. M'hauria agradat que hi fossin. I també la Maria del Carme i la Maria. Segur que, entre tots, se'ns hauria acudit alguna cosa.

Però estava tot sol, allà.

Bé, tenia l'Esmorzar.

El que vull dir, però, és que era la primera vegada que estava sol de debò des que havien començat els viatges a través del temps.

Era una sensació que no m'agradava gens.

Ja no quedava temps.

Havíem de sortir a l'arena del circ.

Enfrontar-nos amb perills desconeguts.

Havia arribat l'hora.

–Valentia i honor, gladiadors! –va exclamar el Gaius.

I, sense afegir res més, ens va clavar una empenta brutal.

Vam traspassar la porta.

I llavors sí, vam entrar al famós circ August de Numítor.

15

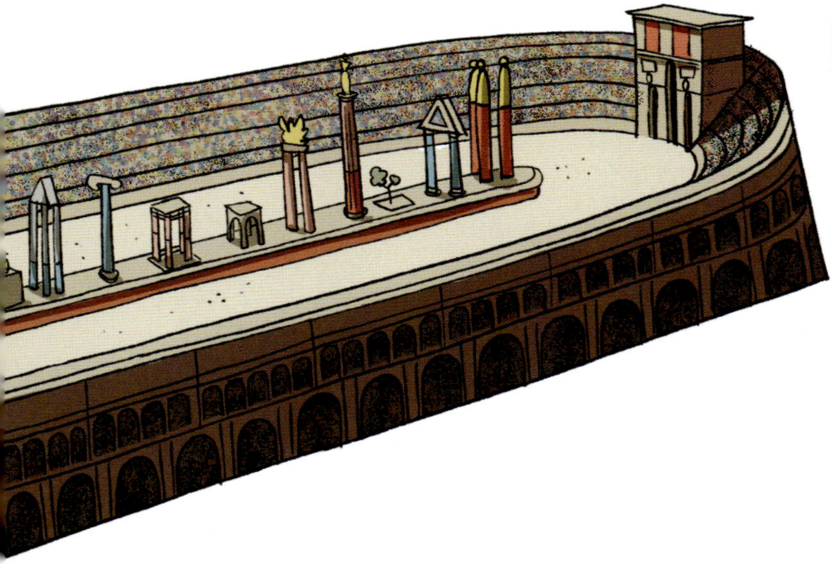

Milers de persones van posar-se a cridar, enfervorides, de les grades estant així que ens van veure aparèixer.

Val a dir que alguns també van esclatar a riure.

M'imagino que érem els gladiadors més impressionants que havien vist en sa vida.

Un nano d'onze anys amb ulleres.

I un paio escanyolit, calb, encongit i amb gepa.

A mi tant se me'n donava, que aplaudissin o es cargolessin de riure.

Tenia altres preocupacions.

Vaig observar el circ.

Era un lloc enorme.

Com un estadi de futbol, però rectangular i moltíssim més gran.

A la part central hi havia una mena de mur baix amb algunes estàtues. I amb unes columnes molt altes.

Les grades estaven embotides de gent. No sé quantes persones hi devia haver, però ben segur que milers.

Cridaven sense parar.

–Bravo!

–Que comenci la lluita!

–Volem gladiadors de debò!

I moltes més coses.

Vam caminar per l'arena, sense saber ben bé què fer.

En veure el panorama, l'Esmorzar em va agafar encara més fort.

A la grada principal onejaven unes banderes vermelles gegantines. I a sota hi havia una carpa amb el símbol de la legió.

Semblava la llotja principal.

Vaig recordar el que havia dit el centurió. I ens hi vam dirigir.

Mentre creuàvem el circ, vaig veure diversos objectes escampats per terra: un escut, una llança partida, una cadena. Suposo que eren les restes del combat anterior.

Vaig notar a la cara que començava a bufar el vent.

Vaig mirar cap al cel i vaig veure que s'acostaven núvols.

Em vaig demanar què pensarien els meus companys de l'escola si em veiessin allà. A mi, que no em barallava mai amb ningú. El Tià de les ulleres. Al mig d'un circ romà autèntic. Preparat per a la batalla.

Al cap d'uns moments vam arribar a la llotja i ens hi vam aturar al davant.

Assegut al seu tron d'or, hi havia el cònsol presidint el circ.

En un altre tron gairebé igual, al seu costat, vaig veure la Cecília Àtica, la seva dona, que semblava una mica avorrida.

Al seu darrere hi havia altres convidats d'honor, entre ells, no cal dir-ho, la Servília i el seu fill Caracal·la.

Em va fer l'efecte que reconeixia altres famílies que havien estat al mercat d'esclaus el dia abans. Com ara l'Octàvia, la dona vestida de blanc que s'encarregava de les àugurs del temple, i les seves dotze filles. Potser també hi era, la Maria.

Vaig aixecar la mà per saludar el cònsol.

En veure que l'Esmorzar no s'immutava, li vaig fer una estiradeta perquè reaccionés.

Ell també va aixecar la mà.

Vaig dir en veu molt forta:

–Salve, cònsol Flavi Pius Galba Cassi Septimi Vitel·li!

Ho vaig dir a la perfecció i tan fort com vaig poder.

Em sembla que ningú no em va sentir, però.

Al voltant hi havia un estrèpit ensordidor. Els espectadors no paraven de cridar.

El cònsol també va dir:

–Salve!

I després va fer un signe a la Servília perquè s'hi acostés.

Van murmurar no sé què.

La dona va fer que sí amb el cap, com si en tramés alguna.

Tot seguit, van començar a sonar trompetes.

La Servília va aixecar-se i va anunciar:

–Ha arribat l'hora de respondre la pregunta que ens fem tots! Qui obtindrà la victòria? La força bruta o la intel·ligència?

Alguns espectadors l'escoltaven amb atenció, però molts altres encara bramaven. No havien vingut per sentir cap discurs. Havien anat a veure l'espectacle.

La Servília se'n va adonar i va acabar de seguida:

–Per fi, tinc l'honor de donar pas a l'atracció que esperàveu tots! Lluita per parelles!

Una gran ovació va fer ressonar les grades.

Tots van començar a cridar a una sola veu:

–Lluita per parelles! Lluita per parelles!

Estaven entusiasmats, tot i que de moment l'única parella que hi havia a l'arena érem l'Esmorzar i jo.

Vam sentir un soroll i ens vam tombar.

A l'extrem contrari hi havia tres mitges portes tancades.

En aquell mateix moment es va obrir la primera.

La gent va callar en sec.

Va haver-hi un silenci absolut.

Tothom mirava cap a la mitja porta.

Suposo que estava a punt de sortir l'altra parella.

Li vaig dir en veu baixa a l'Esmorzar:

–Recorda el que t'he dit abans. Passi el que passi, ens hem de fer costat.

–Grrrrrrrrrrrrrrr.

A l'altra banda de la porta es van sentir cops i un estrèpit esgarrifós.

Vam recular un pas.

El terra tremolava.

L'estrèpit creixia per moments.

I aleshores, d'allà dins va sortir una parella... de rinoceronts!

No me'n sabia avenir.

Encara que pugui semblar raríssim, prometo que és la veritat.

A l'arena del circ hi van irrompre dos rinoceronts descomunals!

Al morro hi tenien una banya enorme.

I feien cara de pocs amics.

Corrien per la sorra com bojos, sense aturar-se.

El terra tremolava al seu pas.

Així que els va veure, l'Esmorzar va fer un crit, em va deixar anar la mà i va sortir rabent en direcció contrària.

–Ei, Esmorzar! Que no havíem quedat que lluitaríem junts?

No em va ni respondre.

Els dos rinoceronts corrien i corrien sense parar. Com més va més de pressa. Disposats a envestir qualsevol que se'ls posés al davant.

Si no m'espavilava, els tindria a sobre en un tres i no res.

Se'm va acudir d'arrencar a córrer jo també.

Però una cosa em va parar els peus.

Van tornar a sonar les trompetes.

I, per si no fos prou, es va obrir una altra de les mitges portes.

La gent va bramar, entusiasmada.

Els encantava, allò.

Es va sentir un brogit que va recórrer tot el circ.

De la segona porta en van sortir... dos lleons!

L'un duia guarniments d'or a les potes i tenia una crinera llarguíssima. Va ensenyar els ullals, com si saludés.

Es veia d'una hora lluny que no era el primer cop que trepitjava l'arena del circ.

Els milers d'espectadors es van posar dempeus i van corejar el seu nom:

–Emperador! Emperador!

El coneixien tots.

La fera va moure el cap i va tornar a grunyir.

Més aplaudiments.

L'altre lleó que l'acompanyava també tenia un aspecte terrible i uns ullals molt grossos.

Tots dos van rugir alhora, es van separar de seguida i van arrencar a córrer en direccions diferents. Semblaven molt ben coordinats.

Jo estava paralitzat.

No sabia què fer, no en tenia ni idea.

Era al bell mig de l'arena del circ.

Amb dos rinoceronts gegantins a punt d'envestir-me.

I dos lleons esgarrifosos que també corrien cap a mi.

Em vaig girar cap al mur que s'aixecava al centre. L'Esmorzar grimpava per un arc de pedra, provant de pujar tan amunt com podia. Potser no era mala idea: ni els lleons ni els rinoceronts no s'hi podrien enfilar.

Havia de prendre una decisió.

Si aquells animals salvatges m'havien de liquidar, com a mínim havia de provar alguna cosa.

Em vaig disposar a córrer cap a l'arc.

Però aleshores van sonar altre cop les trompetes.

No, si us plau.

Altra vegada!?

Què més podia passar, ara?

La tercera porta es va obrir.

I de dins van aparèixer... dos falcons que van remuntar el vol!

Amb les ales esteses.

Les urpes preparades.

I els becs afilats.

L'un era el falcó del cònsol. Era fàcil de reconèixer, no tan sols per les seves grans dimensions i el plomatge fosc, sinó sobretot pel bec vermell inconfusible.

Els dos falcons volaven arran de terra, ensenyant les urpes.

Estaven ensinistrats per lluitar.

I es disposaven a demostrar-ho.

En veure aquelles aus, ja no em va semblar tan bona pensada allò d'enfilar-me a l'arc o en una columna.

Els espectadors cridaven i aplaudien, enfervorits.

El mateix cònsol també aplaudia de bon grat.

La Servília, a la llotja, va exclamar:

–Lluita per parelles! Animals contra humans! La força contra la intel·ligència! L'atracció favorita de Numítor!

Allò era una veritable bogeria.

No sé pas què era pitjor:

Els rinoceronts que em podien esclafar amb les potes o les banyes.

Els lleons que em podien devorar d'una sola queixalada.

O els falcons que podien arribar a tot arreu i clavar-me les urpes o els becs.

Possiblement, tenia al davant algunes de les bèsties més ferotges i terribles d'arreu del món.

L'Esmorzar i jo no teníem cap possibilitat de vèncer-los.

Mai de la vida no m'havia trobat en una situació semblant. I mira que havia estat en alguns llocs molt perillosos.

Els rinoceronts avançaven fent tremolar el terra.

Els dos lleons es preparaven per atacar, cada un per un cantó.

I els falcons volaven a tota velocitat.

Era una situació desesperada.

Què més podia passar?

I aleshores va succeir.

Un esclat de llum que venia del cel ho va il·luminar tot.

Un llampec descomunal.

Els milers de persones presents al circ vam aixecar el cap alhora.

Els núvols havien tapat el sol.

I el vent bufava més fort.

I tot es va enfosquir de sobte.

Un tro ensordidor va ressonar al damunt del circ August.

16

Res no va aturar aquelles feres.

Ni el llamp.

Ni el tro.

Ni la foscor que s'estenia damunt nostre.

Absolutament res.

Potser els havien tingut uns quants dies sense menjar per enfurir-los.

O podia ser que els haguessin ensinistrat per a aquell combat concret.

No ho sé pas.

El cas és que estaven disposats a eliminar els seus rivals com fos.

Vaig arrencar a córrer, sense més ni més.

El primer rinoceront estava a punt d'envestir-me.

Vaig girar en rodó i vaig córrer cames ajudeu-me cap a la llotja.

Corria com un esperitat.

El rinoceront se m'acostava per moments.

Notava molt a prop aquella banya enorme.

No tenia escapatòria.

L'arena s'acabava pocs metres més enllà.

Al meu davant hi havia una paret ben llisa.

Impossible d'enfilar-m'hi.

A la llotja, gairebé tothom es va posar dret. El cònsol, la Cecília, l'Àtica, la Servília, el Caracal·la i tots els altres es van abocar a

les grades per veure més bé el que estava a punt d'esdevenir-se.

Aquell rinoceront blanc em clavaria la banya o m'esclafaria.

Vaig córrer amb totes les meves forces.

Més i més.

El tenia gairebé a sobre.

Sentia els crits.

No sé si m'animaven a mi o al rinoceront.

Era impossible d'esbrinar-ho.

Vaig córrer amb tota l'ànima.

Tenia el rinoceront a pocs centímetres, gairebé em podia punxar amb la punta de la banya.

Vaig arribar a la paret.

Anava tan de pressa que no vaig poder parar.

Vaig posar un peu al davant...i vaig rebotar cap a l'extrem contrari.

Vaig caure a la sorra.

I del terra estant vaig veure el que va passar.

El rinoceront va envestir la paret!

Si jo, que era petit, no havia pogut parar, moltíssim menys un rinoceront que pesava centenars de quilos.

Aquella bèstia gegantina es va encastar a la paret!

PUM!

La paret es va esquerdar.

I s'hi va fer un esvoranc descomunal.

Es va sentir un ooooooooooooh que va ressonar per tot el circ.

El rinoceront s'havia incrustat a la paret clavant-hi la banya com si fos una broqueta.

Amb gairebé mig cos a dins.

No en podia sortir.

Movia les potes, però res.

No avançava ni retrocedia.

Estava ben encastat a la paret.

Buf.

M'havia salvat per ben poc.

Els espectador van cridar, enfervorits, i van aplaudir.

–Bravo!

–Visca!

–Una altra! Una altra! Una altra!

Els havia encantat, allò.

Però en volien més.

El pobre rinoceront continuava encaixat a la paret.

Em vaig incorporar com vaig poder i em vaig posar bé les ulleres.

Quan encara no m'havia refet de l'espant, vaig veure que un lleó venia cap a mi.

No era l'Emperador, sinó l'altra fera.

Venia de dret cap a mi.

Com s'ha de lluitar amb un lleó famolenc i ferotge que està a punt d'atacar-te?

Bona pregunta.

Per a la qual no tenia resposta.

Per més que corregués, no tenia escapatòria.

Darrere meu hi havia la paret, amb el rinoceront encastat.

I al davant... aquell lleó enorme.

Que va agafar embranzida i es va llançar cap a mi.

Ensenyant les urpes i els ullals.

Semblava que volés a càmera lenta.

Mentre el veia acostar-se, vaig pensar:

S'ha acabat.

D'aquí ja no passo.

En un batre d'ulls em cauria a sobre.

Nomes em podia salvar un miracle.

Que caigués un altre llamp.

Que s'obrís la terra sota meu.

I caigués per un altre forat negre.

Però no va passar res de semblant.

El lleó estava a punt d'abraonar-se'm.

Em vaig tirar a terra,

Em vaig tapar el cap amb els braços.

I vaig comptar en veu alta:

Un.

Dos.

I...

Tres.

No va passar res.

I quatre.

Tampoc.

Vinga, i... cinc.

Res.

Cansat, vaig obrir els ulls.

I el que vaig veure em va deixar bocabadat.

Ho diré sense embuts:

El lleó volava a uns quants metres per sobre del meu cap!

Ho prometo.

No m'havia tornat boig.

Aquell lleó s'estava enlairant.

Rugia i bellugava les potes, provant de defensar-se.

Volia baixar.

Però no se'n sortia.

Els dos falcons l'havien aferrat amb les potes i cada vegada el duien més i més amunt.

Aquesta sí que era l'escena més estranya que havia vist en ma vida.

Un lleó volant per damunt d'un circ romà, subjectat per dos falcons negres!

Els ocells movien les ales i l'alçaven cada cop més enlaire.

Ara sí que havien quedat muts, els espectadors.

Ningú no gosava dir ni piu.

Ni la mateixa Servília no s'esperava una cosa així. La directora del circ tenia la boca oberta i observava, meravellada, el que estava passant.

El Caracal·la assenyalava el lleó volador.

I la resta d'espectadors, fins i tot el cònsol, el miraven, perplexos.

Els falcons van passar per damunt de les grades i van allunyar-se amb el lleó. No sé pas on se'l devien endur. Pel que fa a mi, però, no cal dir que com més lluny millor.

Algú potser pot pensar que el més increïble de tot ja havia passat.

Un rinoceront encastat en una paret.

I dos falcons que transportaven pel cel un lleó salvatge.

Doncs no.

Encara quedava el segon rinoceront, que la portava votada a l'arc de pedra on l'Esmorzar s'aguantava amb penes i treballs. La bèstia no parava de clavar-li testarrades i més testarrades. Les columnes que el sostenien fimbraven a cada cop, i en qualsevol moment s'ensorrarien.

I també quedava la fera més salvatge de totes les que hi havia a l'arena.

L'Emperador.

Allò tot just acabava de començar.

LLUITA PER PARELLES!!
LLUITA PER PARELLES!
L'ESMORZAR JA NO S'AGUANTA I CAU DE L'ARC ON S'HA ENFILAT.
17
I VA A PARAR JUST DAMUNT DEL RINOCERONT.
EL RINOCERONT ARRENCA A CÓRRER.

JO FUJO PER L'ALTRA BANDA DEL CIRC, AMB EL LLEÓ EMPERADOR AL DARRERE.
PER UN PÈL, NO M'ATRAPA.
GRRR
ALLÀ DALT ESTARÉ SEGUR. M'HI QUEDARÉ FINS QUE TORNIN ELS FALCONS.
VEIG QUE EL CEL ESTÀ CADA COP MÉS FOSC. ELS NÚVOLS NEGRES HO TAPEN TOT.

MIRO COM EL RINOCERONT CORRE AMB L'ESMORZAR AL DAMUNT. SEMBLA QUE VAN CAP AL MUR...
NO, UN MOMENT! VENEN DIRECTES CAP A NOSALTRES! NOMÉS FALTAVA AIXÒ. ENS EMBESTIRÀ.
HAIG DE FER ALGUNA COSA. SI EM QUEDO AQUÍ A DALT, EL RINOCERONT DERROCARÀ LA COLUMNA I EL COP POT SER TERRIBLE. LLAVORS SE M'OCORRE UNA IDEA ABSURDA. HAIG D'INTENTAR-HO..
FAIG UN SALT...
I CAIC DAMUNT DE L'EMPERADOR! M'HI AGAFO FORT.
EL LLEÓ NO TÉ TEMPS DE REACCIONAR. SI NO ES MOU, EL RINOCERONT LI PASSARÀ PER SOBRE I ENS ESCLAFARÀ A TOTS DOS.
VINGA, EMPERADOR, CORRE!

I AIXÒ ÉS EXACTAMENT EL QUE FA: ES POSA A CÓRRER AMB MI AL DAMUNT.
AL CIRC AUGUST NO HAN VIST MAI RES DE SEMBLANT.
UN RINOCERONT AMB UN GENET QUE EMPAITA UN LLEÓ AMB UN ALTRE GENET.
EL PÚBLIC, ENTUSIASMAT, CRIDA I APLAUDEIX.
LA PERSECUCIÓ CONTINUA A TOTA VELOCITAT DAVANT DELS SEUS ULLS. L'ESMORZAR I JO ENS ARRAPEM COM PODEM PER NO CAURE.
QUI CORRE MÉS? UN RINOCERONT O UN LLEÓ? DE SEGUIDA HO SABRIA.

18

De mica en mica, vam anar deixant enrere el rinoceront.

Tot i que corria molt, per la mida que feia, el lleó era més veloç.

Allò em donava un cert avantatge, teòricament. Com que el rinoceront que ens empaitava cada cop estava més lluny, ja no podia envestir-nos.

En realitat, però, la situació va empitjorar al cap d'un moment.

Després d'una bona correguda, i quan ja s'havia assegurat que el rinoceront havia quedat molt enrere, l'Emperador va frenar en sec.

Jo vaig caure de morros a l'arena.

Em vaig tornar a aixecar de seguida.

Al davant hi tenia el lleó, disposat a atacar-me.

Em sembla que no li havia fet gaire gràcia que li pugés a sobre.

Va obrir la boca per ensenyar-me els ullals.

Així doncs, una vegada més, vaig fer l'única cosa que em va passar pel cap: arrencar a córrer.

Amb totes les meves forces.

Els espectadors cridaven, exaltats. Aquella atracció resultava tot un èxit.

–Corre, corre, petit!

–Vinga, estranger!

–Corre, que t'atrapa!

L'Emperador m'estalonava.

Li notava l'alé molt a prop.

Em va fer l'efecte que, si ho volgués, allargaria les potes en qualsevol moment i m'enxamparia.

Potser el lleó s'entretenia més del compte abans d'atrapar-me perquè els espectadors l'aplaudissin més estona.

Tot i que era un lleó, es veia d'una hora lluny que tenia experiència al circ.

El públic va corejar el seu nom:

–Emperador! Emperador! Emperador!

En aquell moment, vaig veure un objecte metàl·lic a terra: un escut abandonat a l'arena.

El vaig agafar amb totes dues mans.

El lleó se'm va abraonar amb les urpes i els ullals afilats...

Vaig girar en rodó i em vaig tapar amb l'escut.

I el lleó s'hi va encastar!

Estava tan segur d'ell mateix, de la seva superioritat sobre mi, que no s'havia adonat de la meva maniobra.

Es va clavar una bona patacada.

Jo vaig aguantar l'embestida sota l'escut, tremolant.

En un tres i no res, el temible Emperador es va tornar a posar dret. Va sacsejar el cap. I va disposar-se a atacar-me de nou.

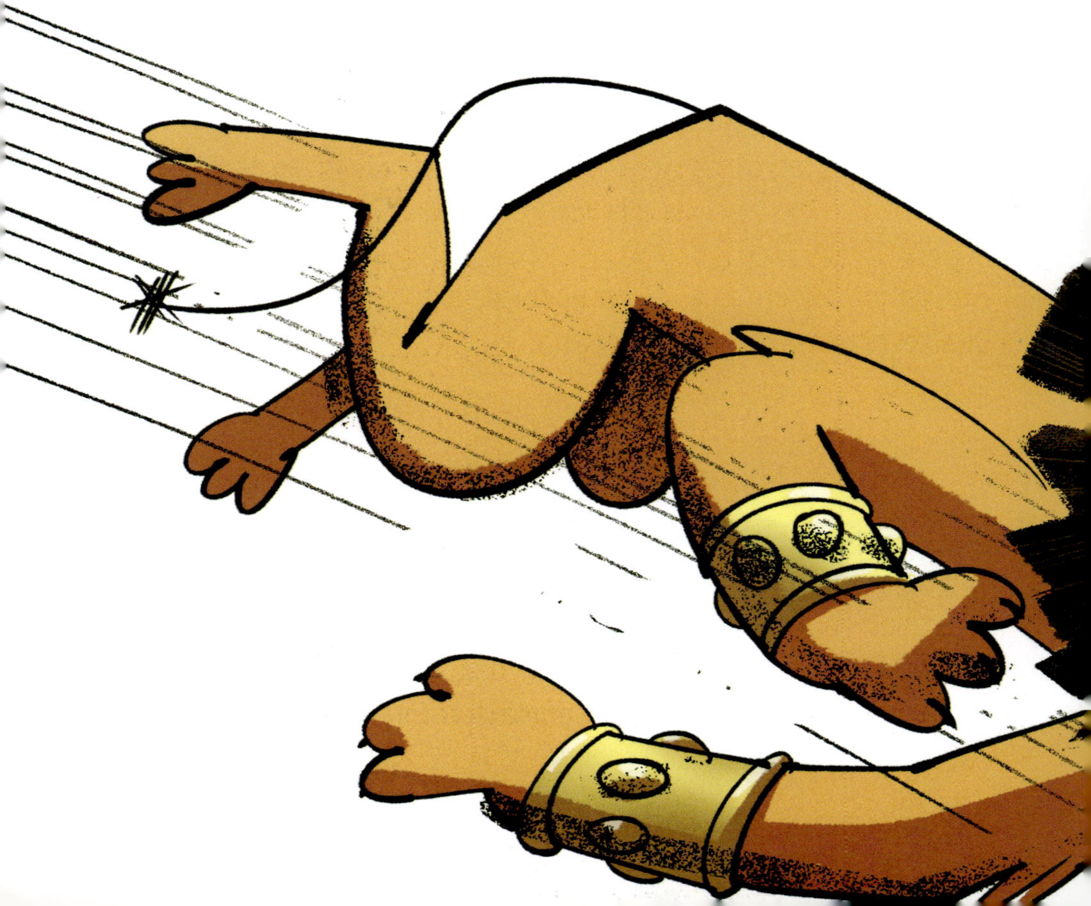

Va obrir la boca i va deixar anar un grunyit esgarrifós que va fer retrunyir les parets de pedra.

–ARRRRRGGGGGGGGGG!

Ja no volia més bromes. Ni més excuses. Estava a punt de liquidar-me.

Vaig llençar l'escut i vaig arrencar a córrer altra vegada.

L'Emperador va fer quatre gambades i em va passar volant per damunt.

Gairebé sense esforçar-s'hi, em va tallar el pas.

Ens vam quedar mirant-nos.

I aleshores...

Va començar a sonar el meu telèfon mòbil!

Al mig del circ.

La resta ja l'he explicada.

Em vaig treure el Sephorosa 9.0 i vaig respondre.

Tots em miraven perplexos, sense entendre què passava.

El que em trucava era el meu professor de matemàtiques, el senyor Anselm. Estava molt preocupat per mi, ja que havia desaparegut feia tres mesos sense donar senyals de vida. No vaig tenir temps d'explicar-li res dels viatges temporals. Perquè l'Emperador va obrir la boca enorme... i va engolir el mòbil!

Com que el tenia en posició de mans lliures, des de dins del lleó es va sentir la veu del senyor Anselm:

—No t'ho penso repetir pas, Tià! Contesta ara mateix!

Però jo no podia contestar-li.

El mòbil ja no era a les meves mans.

–Es pot saber a què jugues? –va preguntar el professor.

Cada cop que sonava la veu al seu interior, el lleó feia un grunyit escanyat.

Estava espantadíssim.

–Respon o estaràs castigat tot el trimestre, Sebastià Vallbona!

L'Emperador va gemegar, atemorit.

No entenia la situació.

D'on venia aquella veu?

Què passava?

–Tià, no em deixis amb la paraula a la boca! –va tornar a bramar el senyor Anselm.

El lleó va emetre un sorollet feble, una mena de plany.

Em va fer pena de veure'l així, tan espantat.

Sí, d'acord, feia un moment havia estat a punt de menjar-se'm. Però no era culpa seva. L'obligaven a lluitar al circ, i ell feia el que podia per sobreviure.

I ara tenia un aparell estrany a dins del cos del qual sortia una veu.

Vaig decidir arriscar-me.

Em vaig acostar molt a poc a poc a l'Emperador, que em va mirar amb desconfiança.

Vaig allargar la mà i l'hi vaig passar pel cap.

–No t'hi amoïnis, Emperador –vaig dir–, que el senyor Anselm és inofensiu. Ja ho veuràs, ara mateix ho solucionarem.

Al nostre voltant no se sentia absolutament res.

Només les gambades curtes i feixugues del rinoceront, a l'altre extrem del circ.

Els espectadors callaven i no movien ni un múscul, observant aquella escena entre el noi estranger i el lleó.

Vaig fer córrer la mà pel rostre de l'Emperador.

I després vaig fer una cosa que no m'hauria imaginat en ma vida.

Vaig ficar la mà a la boca del lleó.

Ho repetiré, per si de cas algú no ho ha entès del tot:

Era en un circ romà autèntic.

Estava envoltat de milers d'espectadors.

Davant d'un lleó salvatge que havia devorat guerrers i gladiadors de primera categoria.

I jo... li vaig ficar la mà a la boca!

Ho vaig fer a poc a poc.

Ell va obrir la mandíbula encara més.

Vaig anar baixant a poc a poc per la gola, amb molt de compte.

Fins que vaig introduir gairebé tot el braç dins el cos de l'Emperador.

Vam estar així uns quants segons.

Reconec que era una situació estranya.

Un lleó amb la bocarra oberta de bat a bat.

I jo furgant-li les tripes amb el braç.

Al cap d'un moment vaig treure la mà.

Amb el telèfon mòbil!

L'Emperador va respirar, alleugerit.

Jo també, francament.

El lleó em va mirar, agraït per haver-li tret de dins aquell aparell xerraire.

Per demostrar-ho... em va fer una llepada tremenda a la cara.

I després una altra.

Em va deixar ben xop de saliva, però reconec que no em va importar gens.

Vaig somriure tot content.

Diria que ell també, encara que no n'estic segur.

Vaig tenir la sensació que ens havíem fet amics.

Els milers d'espectadors van esclatar en un gran aplaudiment.

Un aplaudiment llarg, sincer, sense crits. Estaven acostumats a veure combats espectaculars, sang i coses així. Però segurament no havien contemplat mai l'escena d'un noi i un lleó que es feien amics. I, pel que sembla, els agradava.

Em vaig posar el telèfon a l'orella per contestar al senyor Anselm. Potser podria ajudar-nos a tornar a casa. La trucada s'havia tallat, però.

Un altre llampec llunyà va il·luminar el cel.

Potser aquella tempesta elèctrica tenia alguna cosa a veure amb el fet que el meu telèfon disposés de connexió a través del temps. De la mateixa manera que nosaltres havíem viatjat per un forat negre, podria ser que aquella trucada telefònica també hagués viatjat per una dimensió desconeguda.

En tot cas, la resposta a aquella pregunta hauria d'esperar.

Ja que en aquell mateix moment va passar un fet que ningú no s'imaginava.

Es va sentir un estrèpit terrible que va fer tremolar tot el que hi havia al nostre voltant.

Fins i tot van trontollar els fonaments del circ August.

I, a partir d'aleshores, tot va canviar.

No era el soroll d'un tro.

Era una cosa molt diferent.

Un soroll que no venia del cel.

19

Pel que sembla, els rinoceronts no en saben gaire, de fer tombs.

El seu fort, més aviat, és córrer en línia recta.

Sobretot quan van a tota velocitat.

El segon rinoceront... també es va encastar a la paret!

I va provocar un soroll esgarrifós.

No sé si ho va fer per ajudar el seu company, perquè volien estar junts, o va ser per casualitat, però el cas és que va obrir un esvoranc enorme al costat mateix del primer rinoceront.

El circ va tremolar de dalt a baix.

Els rinoceronts hi havien fet dos forats com dues cases.

La paret va començar a esquerdar-se i una escletxa descomunal va anar pujant fins a la llotja. D'allà dalt estant, el cònsol, la Servília, el Caracal·la i els altres observaven, atònits, el que passava.

L'Esmorzar, que s'havia tirat a terra feia un moment, també contemplava l'espectable, bocabadat.

Va haver-hi crits, aplaudiments i alguns «Ooooohs» i «Aaaaahs». Els espectadors semblaven d'allò més sorpresos.

Els soldats que defensaven la llotja van preparar les llances per si de cas.

Sota d'ells hi havia dos rinoceronts gegantins encastats a la paret. A més, feien força amb les potes provant d'avançar.

El cònsol va aixecar la vista i em va clavar els ulls amb cara de pocs amics.

L'Emperador em va fer una altra llepada a la galta. Es veu que el lleó aquell s'havia aficionat a bavejar-me.

El cònsol em va assenyalar amb l'índex ben estès, com si fos el culpable de tot, i va xiuxiuejar no sé què a la Servília.

Immediatament, la directora del circ va picar de mans.

Encara no s'havia acabat, la cosa.

No pensaven permetre que un noiet d'onze anys se sortís amb la seva.

La Servília, molt digna, va anunciar:

–Atenció! El combat en parella continua! Que tothom es prepari per contemplar la darrera parella del dia! La més temible de totes!

Una altra parella?

Què podia ser, ara?

Aleshores es va obrir la porta per on havíem sortit l'Esmorzar i jo mateix, i va aparèixer una parella... de gladiadors!

Però no eren pas gladiadors normals i corrents. Eren descomunals, els guerrers més grandots que hi havia a Numítor i potser arreu de l'Imperi.

Tots dos duien un casc que els tapava la cara i una espasa a la mà.

Tan bon punt van posar els peus a l'arena, van clavar un crit i van arrencar a córrer cap a nosaltres.

L'Esmorzar va sortir com un llamp en direcció contrària. Potser se li havia tornar a acudir d'enfilar-se en una columna o buscar algun lloc per escapolir-se.

L'Emperador i jo vam canviar mirades.

Ara que ens havíem fet amics, potser podíem aliar-nos per al combat.

Sense dubtar-ho gens, vaig tornar a collir de terra l'escut i vaig dir:

–A l'atac!

No sé si em va entendre, però l'Emperador va rugir ferotgement i va llançar-se cap als gladiadors.

–Ei, espera't! –vaig dir.

I també vaig posar-me a córrer.

No pensava deixar-lo sol davant d'aquells guerrers.

Seria un combat esgarrifós.

En arribar on eren, el lleó es va abraonar sobre un dels gladiadors, que va provar de subjectar-lo amb les mans.

Mentre lluitaven tots dos aferrissadament, l'altre gladiador va continuar avançant... cap a mi!

Venia de dret a mi, empunyant l'espasa.

No seria una lluita gaire igualada.

Era gegantí, aquell gladiador.

I jo, en fi..., jo soc més aviat baixet tirant a escanyolit, ho reconec.

En comptes d'atacar-me amb l'espasa, el gladiador va aixecar un peu, disposat a esclafar-me com si fos un insecte. Des del seu punt de vista, és això el que era: un insecte ridícul i insignificant.

Vaig alçar l'escut per protegir-me, com havia fet abans amb el lleó. Esperava que n'hi hauria prou per aturar-lo, si més no de moment.

Vaig provar de defensar-me aguantant l'escut amb les mans.

Aleshores, el gladiador descomunal, quan estava a punt d'esclafar-me... em va xiuxiuejar una cosa:

–Que soc jo.

–Eh?

Va aixecar-se la visera i per fi li vaig veure la cara.

Aquell tros d'home era Màxim el Colossal.

Havia tornat a l'arena del circ.

Al principi no l'havia reconegut, amb el casc posat.

–Què hi fas, aquí? Si acabes de lluitar ara fa una estona –vaig dir, estranyat.

–Ja, ja, però ens han tornat a fer venir perquè us liquidem –va murmurar, arronsant les espatlles.

I va afegir en veu baixa:

–Dissimula. Tira't cap a un costat, que no et vull fer mal.

No vaig acabar d'entendre què volia dir, però no vaig tenir temps de preguntar-l'hi.

El Màxim va llançar un crit esgarrifós perquè el sentís tothom:

–Et faré miques, cuc!

I em va apuntar l'espasa, mentre el públic bramava, enfervorit.

Tots contemplaven l'escena atentament.

El Màxim va aixecar l'espasa i jo li vaig fer cas: em vaig tirar cap a un cantó.

Ell es va llançar contra mi i va clavar l'espasa a l'arena, com si hagués provat de traspassar-me.

El públic va prorrompre en crits i xiulets.

–Trampa! Trampa! Trampa!

–Uuuuuuuuuuuuuuuuuuuuuuh!

–Fora!

El Màxim va tornar a empunyar l'espasa i va acostar-se a mi, que encara estava ajagut a terra, sense poder moure'm.

Ara sí que no tenia escapatòria possible.

Em va apuntar l'espasa al pit i es va girar cap a la llotja.

Esperava ordres.

El cònsol va estendre el braç.

Es va tornar a fer el silenci al circ.

En acabat, Flavi Pius Galba Cassi Septimi Vitel·li va fer un signe que entenia tothom:

Va posar el polze assenyalant avall!

Allò significava que el Màxim m'havia de liquidar.

L'enorme gladiador va fer cara de compungit.

–Em sap greu, petit estranger.

I va preparar l'espasa.

Vaig pensar que potser vindria algú per ajudar-me.

L'Emperador, potser.

O el Publi Escipió.

O l'Esmorzar.

O fins i tot el falcó.

Però no va aparèixer ningú.

En aquell mateix moment, però, va passar una cosa que no s'esperava ningú.

Quan el Màxim aixecava l'espasa per clavar-me-la...

La paret del circ es va ensorrar!

20

De cop i volta, el circ es va esfondrar.

Una part, si més no.

L'escletxa descomunal que hi havien fet els rinoceronts va acabar ensorrant la paret que hi havia sota la llotja.

El terrabastall va ser monumental.

Tots els que érem a l'arena ens vam girar, espantats.

L'única cosa que es veia era una polseguera immensa que ho embolcallava tot.

L'Emperador i l'altre gladiador es van aturar.

El Màxim i jo també.

L'Esmorzar va treure el cap de darrere d'una columna on s'amagava,

I els milers d'espectadors que ocupaven les grades també observaven aquell desastre sense saber què fer.

No crec que hagués passat mai una cosa així, al circ August.

El Màxim va aprofitar l'avinentesa per dir-me:

–Escolta, si sortim vius d'aquesta, diràs a la Maria del Carme que m'he portat bé amb tu, oi?

–Però si estaves a punt de clavar-me una espasa –vaig protestar.

–No ens quedem en els detalls –va replicar.

De mica en mica es va anar esvaint el núvol de pols, i on abans s'alçava la paret de la llotja vam veure que no hi quedava res més que una muntanya de runa.

I un munt de convidats d'honor i de soldats estesos pertot arreu.

Alguns estaven ferits, d'altres desconcertats, mirant d'esbrinar què havia passat.

Els rinoceronts ja no hi eren. Suposo que després de travessar la paret devien haver continuat corrent. Ara mateix potser creuaven els carrers de Numítor.

Entre les persones que havien caigut entre la runa hi havia la Cecília Àtica i el mateix cònsol, que jeia eixancarrat de mala manera enmig d'una pila de pedres.

El Caracal·la també hi era, sa i estalvi.

–Mare –va dir el nano–, em sembla que m'he clavat una estella al dit.

–Això no és res, vida meva... Vinga, no siguis ploramiques –va respondre la Servília, més preocupada pel cònsol que pel seu fill.

De seguida va acostar-se a ajudar-lo.

–Perdoni, noble cònsol –va dir, allargant-li la mà–. No sé com ha pogut passar una cosa així.

El cònsol, que encara estava estès entre la runa, li va apartar la mà i va dir a crits, molt empipat:

–No s'acabarà així, la cosa! Els rinoceronts ho pagaran molt car! I el mocós aquell de l'aparell estrany, també!

–I tant, i tant –va fer ella.

–I tu igual, que ets l'encarregada del circ!

–Jo? –va replicar la Servília–. Si jo no he fet res, senyor. Tot just he provat d'oferir el millor espectacle possible.

–Silenci! –va cridar el cònsol, que estava encaixat entre dues pedres i no aconseguia posar-se dret–. Que vingui la legió!

Però ningú no va anar a ajudar-lo.

Gairebé tots els soldats provaven d'aixecar-se i refer-se de l'ensurt, mirant d'entendre la causa de l'ensorrament.

–Ningú no pensa fer res per ajudar-me? –va exigir el cònsol.

Aleshores es va sentir un crit que venia de les grades.

Una veu llunyana.

Una veu que va exclamar:

–*Servorum ad libertatem!*

Em vaig girar cap a lloc d'on procedia aquell crit,

Em va fer l'efecte que distingia un home gran amb barba blanca, tot i que no n'estava segur.

L'home va aixecar el bastó i va repetir:

–*Servorum ad libertatem!*

Al seu costat, una noieta rossa va exclamar:

–*Servorum ad libertatem!*

I darrere d'ells, una colla d'espectadors va repetir:

–*Servorum ad libertatem!*

Ara sabia perfectament què significaven aquelles paraules: «Llibertat per als esclaus».

El cònsol es va regirar entre les runes i va preguntar, enfadat:

–Qui s'atreveix?

–Estimat –va dir la seva dona–, em sembla que t'hauries d'aixecar. Aquí eixancarrat fas una pinta una mica ridícula.

–Ha dit eixancarrat! –va repetir el Caracal·la, aguantant-se el riure.

–Nen! –el va renyar sa mare.

–On s'és vist! Això és el súmmum! –va exclamar el cònsol, indignat–. Tothom pensa riure's de mi? Si no m'aixeco és perquè no puc! Estic encallat entre la runa!

No obstant això, pocs dels milers d'espectadors feien gaire cas de la postura del cònsol.

Tenien altres preocupacions.

Una remor va anar-se apoderant de les grades.

I de mica en mica es va convertir en un eco que va recórrer el circ August.

–*Servorum ad libertatem!*

–*Servorum ad libertatem!*

–*Servorum ad libertatem!*

Com més ho repetien, més persones cridaven.

El Màxim i jo ens hi vam afegir.

–*Servorum ad libertatem!*

Milers i milers d'esclaus cridaven a una sola veu.

–*Servorum ad libertatem!*

En sentir-ho, el cònsol, la Servília i tots els seus acompanyants es van espantar.

El crit anava creixent.

Cada vegada més.

–Cònsol, em sembla que hauríem d'anar passant –va suggerir la Servília.

–Ja m'agradaria –va respondre ell–. No em puc moure!

En aquell moment va aparèixer el centurió Gaius, juntament amb una dotzena de legionaris, i tots plegats es van dirigir cap a la llotja.

Més ben dit, cap al que quedava de la llotja.

–Ja era hora! –va bramar el cònsol.

–Perdoni, senyor, no hem pogut arribar abans –es va excusar el Gaius–. La runa ho bloquejava tot.

El mateix centurió i els altres soldats van agafar el cònsol i el van estirar fort per treure'l d'entre les pedres.

El circ sencer era una sola veu que cridava a plens pulmons:

–*Servorum ad libertatem!*

Homes, dones, infants, joves, vells, tots alhora:

–*Servorum ad libertatem!*

Era impressionant.

L'home de la barba blanca que ho havia començat tot, el Publi Escipió, va saltar de les grades a l'arena.

La noieta rossa, la Clàudia Gaia, el va seguir.

I al seu darrere, centenars de persones més.

Tots caminaven cap al cònsol, entonant a l'unison el crit de llibertat:

–*Servorum ad libertatem!*

En arribar on era jo, la Clàudia em va mirar amb els seus ullarros i em va dir:

–Has estat molt valent.

–No n'hi ha per tant –vaig respondre, traient-hi importància–. Només era un lleó, dos rinoceronts..., i dos falcons..., i gladiadors. Poca cosa.

Immediatament, el Publi va aixecar el bastó i em va assenyalar davant de tothom.

–L'escollit! –va exclamar.

Entre els seus seguidors vaig reconèixer algunes persones que havien estat a les catacumbes la nit anterior. Sense dubtar-ho ni un moment, els presents em va pujar a collibè.

–Quattuor oculos, guia'ns a la llibertat –va dir una dona.

–Ensenya'ns el camí –va afegir un home.

–Ha arribat l'hora, Sebastià de Badia del Vallès –va assegurar el Publi.

–Com és que et pugen a collibè? –va preguntar, desconcertat, el Màxim.

–És molt llarg d'explicar –vaig respondre.

Vaig veure que em miraven tots, esperant la meva reacció.

Vaig pensar que era un bon moment per escapar-me i anar a trobar la meva família.

Vaig treure el telèfon mòbil i vaig tornar a encendre la llanterna.

Tots van exclamar, meravellats:

–Oooooooooooooooooooooooh!

Els encantava, la funció llanterna.

–Seguiu la llum! –vaig exclamar.

Damunt les espatlles d'aquelles persones, vam continuar avançant cap al cònsol.

Mentre tots cridaven:

–*Servorum ad libertatem!*

No sabia pas com s'acabaria tot plegat, però em sentia ben bé com el cap d'una gran revolta.

Vaig alçar enlaire el meu Sephorosa 9.0 i vaig tornar a cridar:

–*Servorum ad libertatem!*

Tothom em seguia.

Avançava cap a la paret ensorrada.

Acompanyat d'un lleó.

D'un gladiador gegant.

D'un vell cec.

D'un noieta rossa.

I de milers d'esclaus.

Els soldats havien tret el cònsol d'entre la runa i per fi s'havia pogut aixecar.

Ara mirava, esfereït, la gentada que caminava cap a ell.

Els altres nobles i amos corrien, esverats. Entre ells, la Servília i el Caracal·la.

–Senyor –va suggerir el Gaius–, crec que seria convenient una retirada.

–Flavi Pius Galba Cassi Septimi Vitel·li no es rendeix ni fuig mai –va dir ell, tot seriós–. I encara menys davant d'una colla d'esclaus.

–No és cap fugida –va explicar el centurió–, és més aviat un «replegament tècnic» per recuperar les forces. Després els esclafarem.

–Si és així... em sembla bé –va accedir, movent el nas–. Anem a refugiar-nos al palau i ocupa't de reunir la legió. Els esclaus se'n penediran.

–A les seves ordres –va respondre el centurió.

Van fer mitja volta i van marxar per sobre de la runa.

Fugien.

O feien un «replegament tècnic». Segons com es miri.

El cas és que corrien com una mala cosa.

Jo encara anava a collibè enmig de la multitud.

Semblava que feia molt de temps que esperaven aquell moment.

Avançàvem a poc a poc però sense aturar-nos.

Tot cridant:

–*Servorum ad libertatem!*

–*Servorum ad libertatem!*

–*Servorum ad libertatem!*

Al front em va caure una gota d'aigua.

Vaig aixecar la vista i vaig veure que teníem la tempesta gairebé al damunt.

Els núvols negres cobrien tot el circ.

Els llampecs il·luminaven el cel una vegada i una altra.

Aleshores vaig mirar el telèfon i vaig comprovar que... tenia cobertura.

Es veu que la tempesta, els llampecs, el forat negre o el que fos feien que el mòbil funcionés.

Havia d'aprofitar l'avinentesa.

Fer una trucada ràpidament.

Era a l'Imperi romà.

Molt lluny de casa i de la meva època.

I només podia fer una trucada.

A qui, però?

De seguida ho vaig tenir clar.

21

–Tià?

De seguida vaig conèixer la veu.

Vaig fer un gran somriure.

I vaig exclamar:

–Maria!

No cal dir que li havia trucat a ella.

De totes les persones que podia haver triat en aquella situació, vaig decidir trucar a la meva veïna.

Per moltes raons.

Perquè m'havia donat ella el telèfon.

Perquè havíem viatjat junts a través del temps.

Perquè l'enyorava.

Perquè havia de trobar-la.

I perquè la Maria és... la Maria.

No hi ha ningú que tingui uns clotets com ella quan somriu, ni uns ulls tan grossos, ni una veu tan agradable, tan simpàtica, tan dolça i...

–Que ets ruc o què? –va preguntar de sobte, a l'altra banda de la línia.

Reconec que em va deixar una mica tallat.

No m'ho esperava pas.

–Daixò, jo no..., o sigui... –vaig fer–. Què vols dir?

–Vull dir que no pots malgastar el telèfon per trucar-me a mi –va respondre–. Hem de trucar a algú de la nostra època, explicar el que ha passat. Demanar auxili.

Suposo que tenia raó.

–Si també tens cobertura, per què no has trucat tu? –vaig preguntar.

–Estava a punt de fer-ho, però de sobte he vist una trucada entrant –va replicar–. Vinga, penja.

–Sí, d'acord, però abans digues-me on ets, si us plau.

–Soc al temple. De cop i volta tothom ha sortit corrents –va respondre–. No sé què deu haver passat.

–Jo vaig cap al palau reial, em sembla! –vaig dir.

–Què és aquest xivarri que se sent?

Vaig mirar al voltant.

Encara avançàvem enmig d'una gran cridòria.

Jo encara anava a collibè d'unes quantes persones enfervorides.

Al meu costat, el Publi Escipió obria la marxa. Darrere d'ell hi havia el Màxim, la Clàudia Gaia, el lleó i molta més gent.

La multitud creixia per moments.

Havíem sortit del circ i travessàvem els carrers de Numítor sense parar de cridar «Llibertat per als esclaus».

–És la gent, que protesta –vaig provar d'explicar-li–. Em sembla que ha començat una revolta, fa un momentet. I, encara que sembli estrany, en soc el cap.

–Que xerres sol? –em va preguntar la Clàudia en veure que parlava al mòbil–. Fas coses molt rares, Tià de Badia del Vallès!

La Maria va fer un esbufec.

–Una revolta, ja, ja –va dir–. Acabo de sentir la nena aquella, la rossa. Que us aprofiti.

–Ei, que jo no...

No vaig poder continuar.

La comunicació es va tallar de cop.

Vaig pensar que la Maria m'havia penjat, però no era pas això.

Vaig mirar la pantalla: ja no hi havia cobertura. Es va perdre com havia aparegut. Sense cap lògica. Això dels viatges pel temps i els forats negres no ho entenia ni déu.

–Algú em pot explicar on anem i quines intencions tenim? –vaig demanar.

–Ens guies tu –va respondre el Publi–. Ets l'escollit.

–Jo? Però si m'heu agafat entre tots i no estic segur ni d'on anem.

–Encara que no ho sàpigues, ens guies! –va repetir el Publi, aixecant el bastó–. És la revolta dels esclaus. La fi d'una era. I tot gràcies a tu.

–És que tinc moltes coses per fer, jo –vaig replicar–. Em sembla que ja no em necessiteu, de debò, us veig molt ben organitzats. Si em deixéssiu aquí mateix us ho agrairia molt...

–Que no has sentit el vell? –va intervenir el Màxim, exaltat per aquell enrenou–. Tu ets l'escollit, no cal parlar-ne més! Si fins i tot el lleó et segueix! *Servorum ad libertatem!*

Els crits van esclatar altra vegada:

–*Servorum ad libertatem!*

Era evident que no em deixarien marxar.

Per algun motiu que no aconseguia entendre, s'havien animat gràcies a la meva presència.

Màxim el Colossal em va agafar en sopols i se'm va posar a les espatlles, mentre aixecava el braç i continuava cridant a plens pulmons:

–*Servorum ad libertatem!*

–*Servorum ad libertatem!*

Vam enfilar un carrer molt gran, una mena d'avinguda amplíssima.

Pels laterals van començar a aparèixer més persones. No sé si tots eren esclaus, però el cas és que s'anaven unint a la revolta que acabava d'esclatar.

I no venien amb les mans buides.

N'hi havia molts que portaven pals, pedres, cadenes, estris de cuina. Alguns fins i tot duien eines com ara rascles o aixades.

De mica en mica, d'una manera rudimentària, gairebé tots es van anar armant.

S'acostava una batalla campal.

I jo era al capdavant.

No m'agradava gens ni mica, la situació.

Van començar a caure més gotes dels núvols foscos que cobrien la ciutat.

Al cap de no gaire, la pluja va refermar.

Allò tampoc no va fer que s'aturessin.

Feia molt de temps que suportaven l'esclavitud. Feia segles que es preparaven per rebel·lar-se conta els seus amos.

I res no els frenaria.

Encara menys una tempesta.

Vam continuar endavant sota la pluja.

No sé quants devíem ser.

Milers, diria.

Esclaus de totes les edats, decidits a lluitar per la seva llibertat.

Era un moment històric.

Jo era només l'excusa que necessitaven. El senyal que havia anunciat la profecia.

Vaig canviar una mirada amb la Clàudia Gaia.

Ella em va somriure, orgullosa, feliç.

Va moure els llavis, amb l'aigua que li lliscava per la cara, i va dir:

–Gràcies.

Aleshores vaig entendre que era un moment molt important.

Molt més que els meus problemes.

Era una multitud formada per esclaus.

Com podia ser que algú fos propietat d'una altra persona?

Una injustícia així no es podia permetre de cap manera.

Em vaig oblidar de tot. Ja trobaria més tard la meva família i els mitjans per tornar cap a casa.

Ara havia d'ajudar aquells homes i dones a recuperar la llibertat.

Amarat de dalt a baix per la pluja, a collibè d'un gladiador gegantí, vaig aixecar la mà i vaig cridar amb totes les meves forces:

–*Servorum ad libertatem!*

Tots van aixecar els braços i em van imitar:

–*Servorum ad libertatem!*

Al cap d'un moment vam tirar per un carrer que donava a una plaça i davant nostre va aparèixer el palau del cònsol.

Era un edifici immens de pedres blanques.

A l'entrada hi havia una dotzena de columnes molt grosses.

I al davant del palau... la Legió del Falcó!

Glub.

Hi eren tots.

Milers de legionaris armats fins a les dents.

En perfecta formació.

El centurió Gaius, molt seriós, era a dalt del seu cavall enorme. Amb l'espasa a la mà.

Ja sé el que acabo de dir de la llibertat i de com n'era d'important, aquest moment, i tota la pesca.

Però reconec que, en veure aquells soldats disposats a esclafar-nos, vaig pensar:

«Qui m'ha manat a mi de ficar-me en aquest embolic?»

22

En un costat, milers d'esclaus amb unes quantes eines i pals. La majoria no havia lluitat mai amb ningú.

A l'altre costat, una de les legions més terribles de l'Imperi, amb les millors armes, acostumats a lluitar contra exèrcits de tot arreu.

No era una batalla gaire igualada.

No obstant això, vam continuar avançant fins a col·locar-nos davant mateix del palau del cònsol.

El centurió Gaius va bramar:

–Rendiu-vos en nom de l'Imperi i del cònsol Flavi Pius Galba Cassi Septimi Vitel·li!

El Publi Escipió va respondre:

–Els esclaus fa segles que no tenim llibertat! Ha arribat l'hora de dir prou! No ens rendirem mai! No tenim res a perdre!

–T'equivoques, vell! –va tornar a cridar el centurió–. Podeu perdre... la vida!

Era evident que el Publi i el Gaius es coneixien de temps enrere i no estaven només en bàndols enfrontats, sinó que a més es detestaven.

Quan el centurió va fer un signe, els soldats van aixecar els escuts i van col·locar les llances en posició d'atac.

Tots sis mil alhora.

Reconec que impressionava força.

Sabien molt bé el que feien.

El centurió va tornar a cridar:

–La Legió del Falcó ha aconseguit la victòria a les dues-centes vint-i-dues batalles en què ha participat! No hem conegut cap derrota! I aquesta no serà pas la primera, contra una colla d'esclaus sense preparació que empunyen quatre aixades! Rendiu-vos i evitarem un gran vessament de sang!

Dit així, semblava molt convincent.

No obstant això, el Publi, que s'havia convertit en el portaveu dels esclaus, li va respondre amb molta seguretat:

–Mai no heu perdut una batalla per un sol motiu: perquè mai no us heu enfrontat a un exèrcit d'esclaus! Pot ser que tinguem menys experiència i menys armes, però tenim una cosa que vosaltres no tindreu mai... Tenim la raó! Vosaltres lluiteu per diners, nosaltres ho fem per la llibertat, i és per això que guanyarem! *Servorum ad libertatem!*

Tots vam repetir a una sola veu:

–*Servorum ad libertatem!*

–*Servorum ad libertatem!*

L'Emperador va rugir.

Havia estat un gran discurs.

Llàstima que les paraules no poguessin vèncer les espases.

El Gaius, a dalt del cavall, semblava molt enfadat.

–És la meva última advertència! –va esclatar–. Rendiu-vos i feu mitja volta, o disposeu-vos a morir!

El Publi Escipió va aixecar les mans per demanar silenci.

I va dir:

–Centurió, escolta'm bé: avui, aquí, sota la pluja, està a punt de tenir lloc una batalla històrica! Potser la primera batalla entre un exèrcit d'esclaus i una legió de l'Imperi! La batalla de Numítor! Que serà coneguda per les generacions futures com «La batalla de la llibertat»!

Tan bon punt va acabar de parlar, els esclaus van prorrompre en aplaudiments.

–Bravo!

–Visca!

–Ben dit!

–Que parli l'escollit, ara!

I van començar a repetir:

–Que parli l'escollit!

–Que parli l'escollit!

El Publi em va xiuxiuejar:

–Vinga, digues alguna cosa.

–Però què vols que digui? –vaig replicar–. No sé fer discursos, jo, i els soldats estan a punt d'atacar-nos i...

–Que diguis alguna cosa d'una vegada! –em va tallar el Màxim.

La Clàudia Gaia va afirmar amb el cap.

Fins i tot el lleó em mirava.

Milers d'esclaus m'observaven, esperant les meves paraules d'ànim abans d'enfrontar-se a un exèrcit temible de legionaris.

Jo era l'escollit, segons la profecia.

No tenia altre remei que parlar.

Em vaig incorporar a les espatlles del Màxim i vaig dir:

–Hola, bona tarda!

No era un començament gaire espectacular, però va ser la primera cosa que em va passar pel cap.

–Sou tots espaterrants i us agraeixo moltíssim que m'hàgiu portat fins aquí a collibè! –vaig continuar dient–. Quin dia per ficar-se en batalles, eh, plovent com plou! Però, en fi, si ja hem arribat al palau, no farem pas marxa enrere! O sí?

El Publi em va donar un cop de bastó en una cama.

–Ai! D'acord, d'acord, ja ho he entès! –vaig exclamar–. El que vull dir és que estic amb vosaltres i amb la llibertat i tot plegat!

Els presents em van mirar no gaire convençuts.

Entesos: no tenia ni idea de què dir.

No era pas el cap d'aquella revolta, jo.

No sabia fer discursos.

I no volia participar en cap batalla.

Tot just era un nano d'onze anys.

Em vaig posar bé les ulleres, tot recordant el meu barri i la meva escola, i vaig pensar que m'agradaria ser-hi, ja que allà no hi ha esclaus ni et fumen en un circ a lluitar amb bèsties salvatges.

Em vaig entristir una mica.

D'ençà que havíem sortit de Badia, no paràvem de rodar pel món sense saber-ne el motiu.

Trobava a faltar moltes coses.

I ara també enyorava la meva família.

I les meves veïnes.

Em vaig girar per observar els legionaris.

Estaven preparats per atacar.

Amb els cascos ben cordats.

Els escuts i les llances enlaire.

Aleshores, a les seves cares, hi vaig veure una cosa que em va cridar l'atenció.

No ho sabria explicar.

Eren guerrers ensinistrats en la lluita..., però no semblaven gaire contents.

Al contrari.

Feien cara de no trobar-se a gust en aquell lloc.

A través de la pluja, vaig fer córrer els ulls lentament per les seves files.

I vaig tenir la sensació que aquells legionaris... estaven tan espantats com nosaltres.

Això mateix!

Ells també tenien por!

Per més batalles que haguessin entaulat, sabien prou bé que no seria fàcil.

Tenien al davant milers i milers d'esclaus disposats a lluitar aferrissadament.

Se'm va acudir una idea.

Segurament no serviria de res.

De totes maneres, valia la pena de provar-ho.

Em vaig encarar als legionaris.

Vaig alçar la veu tant com vaig poder.

I vaig dir a crits:

–Legionaris, això no és cosa vostra! No som pas els vostres enemics! L'únic que volem és que el cònsol i els altres amos ens donin la llibertat! Si ens unim, podem lluitar plegats per aconseguir-la!

Una remor va recórrer la plaça.

Uns i altres semblaven estranyats.

Em sembla que cap dels dos bàndols no s'havia plantejat res de semblant.

Vaig recordar una cosa que m'havia dit el Publi el dia que el vaig conèixer.

Que en aquell lloc gairebé tothom era esclau.

Exactament havia dit:

«En aquesta ciutat gairebé tothom és esclau, fins i tot gent que no t'ho imaginaries mai».

Si allò era veritat, podia ser la solució.

–Us haig de fer una pregunta molt important, soldats! –vaig cridar.

Els vaig mirar, provant de posar-me al seu lloc.

I vaig exclamar:

–Hi ha entre vosaltres algun esclau?

La pregunta els va sorprendre.

No s'ho esperaven.

Ningú no va respondre.

No em vaig donar per vençut.

Vaig mirar fixament els legionaris i ho vaig repetir:

–Ho pregunto molt seriosament! Hi ha cap soldat de la Legió del Falcó que també sigui esclau?

Silenci.

A banda i banda de la plaça no es movia ningú.

Vaig pensar: au, vinga, que algú faci un pas endavant.

El silenci va durar una estona.

Fins que el centurió, fart de tot, va dir:

–S'han acabat les preguntes, els discursos i les excuses! Legionaris, en formació d'atac! Ja!

Es van disposar a escometre'ns.

La batalla estava a punt de començar.

En aquell moment, però, va passar una cosa inesperada.

Un soldat va aixecar la mà i va dir a crits:

–Jo soc esclau! I n'estic fins al capdamunt, francament!

Allò ho va capgirar tot.

Potser m'havia equivocat.

Potser sí que podríem guanyar aquella batalla amb paraules en lloc de fer-ho amb espases.

23

Era un legionari esprimatxat i molt pàl·lid.

Amb cara de despistat.

Me'l vaig quedar mirant.

I aleshores el vaig reconèixer.

Era... el soldat que ens havia desitjat sort abans d'entrar a l'arena del circ.

Va fer un altre pas per trencar la formació, i va tornar a cridar:

–Tota la vida he estat esclau! I no penso lluitar contra altres esclaus!

–És veritat, doncs! –vaig exclamar–. Entre els soldats també hi ha esclaus!

–I tant –va admetre el Publi–, la majoria són esclaus; de vegades obtenen la llibertat després de molts anys de servei.

Era una notícia boníssima.

Si els legionaris eren esclaus, potser podrien unir-se a la revolta.

–I per què no ho has dit abans? –vaig preguntar.

–Ves, perquè ho sap tothom –va respondre el Publi, com si fos evident.

El legionari esprimatxat va tirar a terra l'escut i la llança.

–Companys, lluitem plegats per la llibertat! –va exclamar–. Qui em dona suport?

En aquell moment, un xiulet va solcar l'aire sota la pluja.

I...

ZAS.

Una fletxa se li va clavar a l'espatlla.

El soldat va caure desplomat, ferit.

I va aixecar la vista.

Buscant qui havia disparat aquella fletxa.

En una finestra del primer pis va aparèixer el cònsol.

Amb aquell nas aquilí descomunal.

I la cara de pomes agres.

Duia un arc a la mà.

–Algú més vol rebre una fletxa? –va fer.

Ningú no es va bellugar.

El legionari encara era a terra, sense que l'ajudés ningú.

–Centurió, dona l'ordre d'atac contra els rebels! –va cridar el cònsol, enfurit–. Ara mateix!

El Gaius va mirar al seu voltant, incòmode.

–Però, senyor, el legionari està ferit... –va insinuar.

–El legionari ha trencat la formació! –va tronar el cònsol–. No hi ha res més important per a un soldat que la disciplina! Ataca d'una vegada, he dit!

El centurió va remenar el cap.

–Em sap greu, senyor, però... no puc fer-ho! –va replicar.

–Què!?

El Gaius va baixar del cavall i va acostar-se al soldat que jeia a terra amb la fletxa clavada.

–Et trobes bé? –li va preguntar.

–Més o menys –va respondre–. Fa bastant de mal.

–Això és un acte d'insubordinació –va cridar el cònsol, agafant una altra fletxa–. És intolerable! Ho pagaràs amb la vida, centurió!

Es van obrir més finestres del primer pis i van treure-hi el cap la Servília i els altres amos: el Tiberi amb la seva dona i els seus fills grassos com toixons, el Domicià l'Útil, el Galba amb els seus germans i germanes, i l'Octàvia, vestida de blanc, al costat de les seves dotze filles.

Es veu que s'havien refugiat tots en aquell palau.

Mentre el cònsol armava l'arc amb la fletxa, el Gaius el va mirar de baix estant, ple de ràbia.

–Ja n'estic fart! –va protestar–. Tota la vida obeint ordres que no m'agraden! I, per si no fos prou, caic malament a tothom! M'escridassen, es riuen de mi! No vull continuar vivint d'aquesta manera! No hi estic disposat!

–Calla d'una vegada, centurió! –el va increpar el cònsol, mentre l'apuntava amb l'arc–. Ets aquí per obeir, tu! Igual que els altres!

El Gaius va negar amb cap, furiós.

No podia més.

Es va treure el casc i va cridar unes paraules que no oblidaré mai:

–Jo també soc esclau! Em poden detenir, em poden clavar una fletxa, però no em faran callar mai més! Jo també soc esclau!

Beu-te aquesta!

El centurió era esclau!

A la part de la plaça que ocupàvem nosaltres es va sentir una remor de sorpresa.

–El centurió també és esclau? –va preguntar una dona.

–El centurió antipàtic? –va afegir un home.

–El centurió que sempre ensabona el cònsol?

–El centurió lladrador...?

Molta gent va posar-se a murmurar:

–Centurió que lladra no mossega... Centurió que lladra no mossega...

–Ja n'hi ha prou! –va tallar el Gaius–. Ja sé que no em teniu gaire simpatia! Però tant me fa! D'ara endavant seré jo mateix! Ho he dit i ho repeteixo: jo també soc esclau! I estic amb vosaltres! Estic de part vostra!

Immediatament, altres soldats el van imitar:

–Jo també soc esclau!

–I jo!

–Jo esclau de tota la vida!

–I jo encara més!

Centenars, potser milers de legionaris van trencar la fila i es van encarar, decidits, al cònsol i els nobles.

–N'estem farts!

–No lluitarem pas contra altres esclaus!

–No és just!

–Però què us empatolleu? –va protestar el cònsol, fet una fúria–. Que us heu trastocat? Parlaré amb Roma, faré venir deu legions i us esclafaré a tots! No quedarà així, la cosa!

Ja no li feia cas ningú.

Els legionaris havien decidit plantar-li cara.

El centurió Gaius estava completament canviat, semblava un altre.

Exaltat.

–Jo també soc esclau! –cridava sense parar–. Tota la meva vida he estat esclau! Els meus pares, esclaus! Els meus avis, esclaus! Els meus amics, esclaus! Els meus oncles, esclaus! Ja n'hi ha prou, home!

El Màxim va exclamar:

–Al final em caurà bé i tot, el centurió.

La Clàudia Gaia em va mirar, orgullosa.

–Tot ha estat gràcies a tu –va dir.

Hi vaig treure importància:

–Només he fet una pregunta, jo, no n'hi ha per tant.

El Publi va aprofitar l'avinentesa.

Va aixecar les mans i es va avançar tot cridant:

–*Servorum ad libertatem!*

Va fer un signe al Màxim, que també va posar-se a caminar amb mi a collibè.

Igual que el lleó.

I la resta d'esclaus.

Tots caminàvem molt decidits cap al palau.

–*Servorum ad libertatem!*

Els legionaris, en veure'ns, es van girar cap a les finestres de l'edifici.

Si ens uníem tots, podíem posar fi a l'esclavitud.

Els amos eren quatre gats.

D'esclaus n'hi havia moltíssims més.

Ara sí: milers i milers de persones, homes i dones de totes les condicions, pagesos, botiguers, fusters, gladiadors, soldats ens vam aturar davant del palau del cònsol i vam cridar a una sola veu:

–*Servorum ad libertatem!*

–*Servorum ad libertatem!*

–*Servorum ad libertatem!*

El cònsol i les famílies nobles restants contemplaven l'escena sense entendre res. Com que els amos eren ells, no estaven acostumats que els esclaus els portessin la contrària. La Servília abraçava el Caracal·la. La Cecília Àtica va fer un pas enrere.

El Publi va acostar-se al Gaius, tot decidit.

Van mirar-se, desafiadors.

Com si tinguessin molts comptes pendents.

Altre cop hi va haver silenci.

El Publi va aixecar el bastó.

El Gaius va desembeinar l'espasa.

Van avançar l'un cap a l'altre.

I, tots dos alhora... van tirar a terra les armes.

I es van fer una gran abraçada!

En veure'ls units, tots els presents van picar de mans i van continuar corejant el crit de la llibertat:

–*Servorum ad libertatem!*

–*Servorum ad libertatem!*

Es va posar a ploure.

El cònsol estava bocabadat, indignat, incapaç de reaccionar. Havia deixat estar l'arc. No es podia enfrontar ell sol a tothom.

–És el començament d'una època nova! –va dir el Gaius emocionat, mentre l'aigua els queia a sobre.

–Res ni ningú no podrà aturar aquesta revolta! –va assegurar el Publi–. És imparable!

–Ehem –vaig fer des de les espatlles del Màxim–. No vull pas interrompre aquest moment tan bonic i històric, però em sembla que tenim un problema.

I vaig assenyalar cap al carrer principal, que desembocava a la plaça.

Allà va aparèixer corrent cames ajudeu-me un home calb i encongit.

L'Esmorzar.

I no anava sol.

Dos rinoceronts gegants l'encalçaven.

LA GENT ARRENCA A CÓRRER ESPAORDIDA, CRIDANT. ELS ENORMES RINOCERONTS BLANCS IRROMPEN A LA PLAÇA. HO FAN TREMOLAR TOT.
ESMORZAR!
24
JO M'AGAFO AL CAP DEL MÀXIM PER NO CAURE.
NO EM TAPIS ELS ULLS, QUE NO M'HI VEIG!
PERDÓ.
HI HA TANTES PERSONES QUE FUGEN, QUE COSTA DE MOURE'S. XOQUEN ENTRE ELLES, ENSOPEGUEN, CAUEN, ES TORNEN A POSAR DRETES...

EL CÒNSOL CONTEMPLA L'ESPECTACLE DES DE LA SEVA FINESTRA.
EL GAIUS I EL PUBLI AGAFEN EL GLADIADOR FERIT I L'AJUDEN A AIXECAR-SE.
LA CLÀUDIA PROVA D'ESCAPAR-SE ENTRE LA GENTADA PERÒ UN DELS RINOCERONTS SE LI ACOSTA PERILLOSAMENT.
MÀXIM, AJUDA LA CLÀUDIA!
QUÈ?
QUE SALVIS LA CLÀUDIA SI US PLAU!
PER FI M'ENTÉN I S'HI ACOSTA.

EL RINOCERONT
VA AVANÇANT.
NOSALTRES
TAMBÉ.
CORRE,
CORRE,
CORRE!
EL MÀXIM NO HI ARRIBA A TEMPS, ÉS IMPOSSIBLE, I LA CLÀUDIA NO ES POT APARTAR. TOTS PLEGATS LI TALLEN EL PAS. L'ESCLAFARAN. PERÒ LLAVORS...
L'EMPERADOR LI SALTA AL DAMUNT!

EL LLEÓ I ELLA RODOLEN PER TERRA.
EL RINOCERONT ELS PASSA PEL COSTAT.
S'HA SALVAT PER POC!
LA CLÀUDIA GAIA PUJA DALT DEL L'EMPERADOR.
I ARA ON ANEM?
ESTÀ CLARÍSSIM. NO HI HA TEMPS PER PERDRE. SÉ PERFECTAMENT ON HEM D'ANAR.
AL TEMPLE!

25

Per fi va parar de ploure.

La tempesta s'allunyava a poc a poc.

Cap als afores de la ciutat.

Els núvols foscos encara cobrien el cel, però ja no queien gotes.

Després de recórrer els carrers de Numítor sense aturar-nos, vam arribar a un lloc on amb prou feines hi havia cases.

Tot estava molt fosc.

Vaig encendre la llanterna del mòbil.

Els meus acompanyants em van mirar, encuriosits.

–És el déu Simforosa, ja ho sabeu –vaig explicar–, la llum de la profecia i tot plegat.

No semblaven gaire convençuts, però no em van preguntar res.

Vam continuar endavant.

Vam passar pel costat d'una estacada de pedra.

I vam arribar fins a una rampa estreta de fusta.

La vam creuar amb molt de compte, l'Emperador, la Clàudia, el Màxim i jo mateix.

Ells coneixien aquell camí.

Jo tot just em vaig deixar guiar.

En acabat vam pujar una escalinata molt llarga.

Van ser més de cent graons, encara no n'estic segur, perquè el Màxim els pujava de dos en dos, i jo anava a collibè provant de fer llum perquè no ensopeguéssim.

Un cop al capdamunt, el temple va aparèixer davant nostre.

Vaig quedar bocabadat.

Una superfície circular immensa de marbre blanc, suspesa sobre dotze estàtues gegantines.

Tot il·luminat pel foc que sortia d'uns atuells metàl·lics molt grans.

–El temple –va dir la Clàudia a mitja veu, assenyalant les estàtues–. Són els dotze déus del panteó.

–És clar, és clar –vaig respondre, sense saber del cert a què es referia.

Era impressionant.

Aquell lloc majestuós semblava que surés enmig del buit.

Al voltant no hi havia res.

Les estàtues dels déus eren tan grans que la part de sota es perdia dins la foscor de la terra. Devien haver hagut de cavar molt de temps, per construir tot allò.

A la superfície hi havia un grupet de gent amb torxes.

Al mig, una noia vestida de blanc sostenia un objecte que era el centre de totes les mirades.

I murmurava alguna cosa.

Suposo que era una de les àugurs del temple.

Des de la nostra posició era impossible d'entendre el que dèiem nosaltres.

Potser era una altra profecia.

O una pregària secreta.

O un conjur.

Aleshores va passar una cosa.

La noia va aixecar l'objecte i va pronunciar unes paraules que vaig entendre a l'acte:

–S'ha perdut la cobertura!

Eh?

Aquella noia vestida de blanc era... la Maria.

I els que hi havia al seu voltant eren ma germana Susanna, el Santi, la Maria del Carme i el meu pare.

La Maria semblava molt enfadada, movia l'objecte amunt i avall: el seu propi telèfon mòbil.

–La cobertura va i ve, és impossible! –va exclamar.

Quan els vaig reconèixer vaig cridar amb totes les meves forces:

–Pare, soc jo!

Tots cinc es van girar.

Encara anava a collibè del Màxim.

Els vaig saludar amb la mà.

–Tià! –va cridar la Maria, somrient.

–Fill! –va exclamar el pare.

–Petitó! –va dir mon germà.

Hi érem tots.

Junts altra vegada.

Per fi.

El Màxim va exclamar:

–Maria del Carme, soc jo! El teu promès!

Ells van retrocedir.

Però no pas per les paraules del Màxim.

Sinó perquè van veure aparèixer l'Emperador, amb els seus ullals imponents i les seves urpes enormes.

–Tià, ves amb compte! –va dir el pare–. No sé si te n'has adonat, però al costat hi tens un lleó gegant!

–No hi pateixis, pare –vaig respondre–. És un amic.

L'Emperador va fer un grunyit suau.

La Clàudia Gaia, al seu damunt, va somriure.

Em va semblar que la Maria la mirava amb desconfiança.

El Màxim no es va poder esperar més.

Va arrencar a córrer cap a la Maria del Carme.

–Quina alegria! –cridava, amb els braços estesos.

–Ui, sí, molta alegria –va fer ella, no gaire convençuda.

El Màxim corria, emocionat, amb mi a collibè.

–Avui he pensat en tu cada hora, cada minut, cada segon! –va cridar ell.

–No siguis tan efusiu –li vaig suggerir a cau d'orella–, que l'espantaràs.

Ell no m'escoltava, però. Corria i corria.

La pobra Maria del Carme va recular.

El Màxim va travessar en un batre d'ulls la distància que els separava.

Em va deixar a terra amb una mà.

I, amb l'altra mà, sense aturar-se, va agafar la Maria del Carme per la cintura i va començar a fer giravoltes amb ella. Gairebé igual que la primera vegada, quan es van conèixer al carro.

La movia en l'aire, fent-la voleiar al seu voltant.

–T'he enyorat tant –deia ell.

–Això és molt bonic –va replicar ella–. Si no et fa res, però, ara em podries deixar a terra, que ja em començo a marejar.

Mentre ells continuaven giravoltant, la Susanna es va plantar davant meu i em va dir:

–Ha estat increïble, Tià! De cop i volta, tothom ha sortit corrents! I la Maria i jo ens hem quedat aquí soles! I després han

vingut a buscar-nos el pare, el Santi i la Maria del Carme! Ostres, tu, i després resulta que la Maria tenia cobertura al mòbil i gairebé hem pogut parlar amb Badia! Quan has arribat justament ho provàvem! Oi que és al·lucinant?

–Sí, sí, al·lucinant –vaig admetre.

–I tu què has fet fins ara?

La pregunta de ma germana em va agafar desprevingut.

Vaig notar com m'observaven la meva família i la Maria, esperant una resposta.

Podria haver dit:

M'han tancat en una masmorra. He recorregut les catacumbes a mitjanit. He estat al circ August. He lluitat amb lleons salvatges, rinoceronts, falcons i gladiadors. Milers de perso-

nes m'han aplaudit a l'arena. Una profecia m'ha escollit per alliberar els esclaus. He dirigit una revolta. M'he enfrontat al cònsol i la legió. I he parlat amb el senyor Anselm, el meu professor de matemàtiques.

Però em va fer l'efecte que seria molt llarg d'explicar.

De manera que vaig optar per la versió resumida.

Vaig respondre:

–Us he buscat.

Vaig arronsar les espatlles i vaig afegir:

–I us prometo que estic molt content d'haver-vos trobat.

La Maria se'm va acostar.

–Jo també estic molt contenta –va dir.

I després va assenyalar més enllà, on eren el lleó i la Clàudia.

–Tot i que ja veig que has estat molt ben acompanyat.

–Sí, daixò... –vaig provar de dir–, el lleó es va empassar el mòbil i, buuufff, no ha estat gens fàcil que me'l tornés. Però després s'ha portat molt bé.

–No parlo del lleó, precisament –va replicar ella.

–Aiiiii, fill –va intervenir el pare–, quina sort que tornem a estar junts. Hem de prometre que, passi el que passi, no tornarem a separar-nos.

–Ja ho veurem –va replicar el Santi, que com sempre portava la contrària–. Jo estic pensant de viatjar altre cop a l'Oest. Allà hi tenia un futur brillant com a pistoler.

–D'una banda, pensa que no pots viatjar pel temps a on et doni la gana. Prou que saps que no depèn de nosaltres –va dir el pare, molt seriós–. D'altra banda, si fóssim els amos del nostre destí, no cal dir que tornaríem a casa i enlloc més. I el més important de tot: si algú tenia futur com a pistoler, a l'Oest, era jo i prou. Si em van nomenar xèrif i tot.

–T'hi van nomenar perquè no hi havia ningú més –el va contradir mon germà.

–I perquè tinc allò que cal tenir –va assegurar ell, fent el gall–. D'alguna cosa m'han servit aquests anys com a policia municipal.

Em sembla que podrien haver continuat discutint una bona estona.

Per sort, la Maria hi va ficar cullerada:

–Podríeu matar el tema, si no us fa res? Ara mateix tenim qüestions més importants.

Tots dos van callar.

La Maria tenia raó.

–Per fi tornem a estar tots sis junts altra vegada –va continuar dient–. Hem de provar-ho abans que se'n vagi.

–Qui se n'ha d'anar? –va preguntar la Susanna.

–La tempesta –va respondre la Maria, amb molta seguretat.

Va assenyalar cap a l'horitzó.

Es veia ben bé com els núvols foscos es movien a poc a poc, arrossegats pel vent. Cada cop s'allunyaven més.

En aquell moment va caure un llamp.

Es va il·luminar el cel.

I també el turó del fons.

–Potser podríem provar de córrer cap al turó –va suggerir el pare, tot decidit–. I col·locar-nos a sota mateix de la tempesta.

–Però no tenim bicicletes ni cavalls –va protestar el Santi.

–Ni tan sols un estruç, com l'última vegada –es va plànyer la Susanna.

–Què podem fer? –va preguntar la Maria.

La resposta va aparèixer darrere nostre.

Vam sentir un rugit terrible.

Ens vam girar.

I vam veure l'Emperador.

26

–Màxim el Colossal, no t'oblidaré mai –va dir la Maria del Carme.

–Però jo... no vull separar-me de tu –va respondre ell, tot moix.

–Ja ho sé, però de vegades ens hem de sacrificar –va explicar ella, agafant-li la mà–. Haig de fer un viatge a un lloc molt llunyà amb la meva filla i els meus veïns. I tu has d'ajudar els altres esclaus. La revolta que acaba d'esclatar és molt important. Ets un dels millors guerrers, no pots pas abandonar-los.

–Això és veritat –va dir ell amb resignació–. Potser ens tornarem a veure.

–Potser.

–T'enyoraré molt –va afirmar el Màxim, emocionat.

La Maria del Carme va fer que sí amb el cap, com si l'entengués.

I li va fer un petó de comiat.

Va ser un petó als llavis.

A ell se li van il·luminar els ulls.

Tot seguit, la Maria del Carme va pujar a cavall de l'Emperador.

A dalt del lleó ja hi havia el pare, la Susanna, el Santi i la Maria.

Estaven una mica estrets, però al llom d'aquell lleó gegant hi cabíem tots.

Només faltava jo.

M'estava acomiadant de la Clàudia Gaia.

–Aneu a empaitar una tempesta? –va demanar ella, sense entendre ben bé què passava.

–Més o menys –vaig respondre en un to misteriós–. Per tornar a Badia del Vallès s'ha de seguir el rastre dels llampecs i els trons del cel.

–Dius unes coses molt boniques –va replicar ella–. Es nota molt que ets l'escollit.

–No n'hi ha per tant –vaig fer.

Vam quedar-nos mirant i somrient com un parell de rucs.

No crec que gosés dir-l'hi, però la trobaria a faltar.

–Perdó, però hem de marxar –va saltar la Maria, donant-nos pressa–. No tenim tot el dia.

–Sí, sí, ja vinc –vaig replicar.

Em vaig acostar a la Clàudia.

Potser em faria un petó de comiat.

Com havia fet la Maria del Carme.

Era un moment molt especial.

Vaig apropar la meva cara a la seva.

Estava molt nerviós.

Vaig aclucar els ulls.

I vaig comptar fins a tres.

Un.

Que em faci un petó, si us plau.

Dos.

No em penso moure, que em faci un petó ella, si us plau, si us plau..

I...

Vaig notar una gran llepada a la cara, que em va deixar ben xop de saliva!

Vaig obrir els ulls, espantat.

Al davant hi tenia l'Emperador.

Em va tornar a llepar.

Tots van riure.

–Això sí que és un petó de comiat, petitó! –va dir el Santi.

–Sí, home, sí, ja ho he entès.

La Clàudia era un tros més enllà.

Em va somriure.

I em va fer un gest amb la mà.

–Sempre em recordaré de tu –va dir–. Corre, Tià de Badia del Vallès!

I vam fer justament això.

Vaig pujar a cavall de l'Emperador.

I vam córrer.

I tant que vam córrer.

El lleó aquell era una fera.

Enorme.

Gegant.

Fort.

Vam córrer cap al turó de Numítor amb nosaltres sis al damunt.

Tot buscant la tempesta.

Es va sentir un tro.

Tal vegada era el senyal.

Pot ser que aquella tempesta elèctrica ens fes tornar per fi a casa nostra.

Ves a saber.

Mentre corríem al peu del turó, vaig sentir el vent a la cara.

Vaig aixecar la vista.

Al lluny, em va fer l'efecte que veia dos falcons que duien un lleó agafat.

Va ser només un moment.

I no ho podia assegurar.

Potser encara lluitaven amb l'altre lleó, els falcons.

No ho podia saber.

El cor em deia que no eren els únics que continuarien lluitant a Numítor en els propers temps.

Ara que els esclaus havien iniciat la lluita per la llibertat, haurien de vèncer molts obstacles.

Ells encara no ho podien saber, però al final, després de moltes batalles, acabaria guanyant la llibertat.

Tot i que encara haurien de passar molts anys.

Em vaig arrapar a la cintura de la persona que tenia al davant.

La Maria.

Em vaig incorporar una mica i li vaig dir, fluixet:

–Alguna vegada has vist lluitar alhora un rinoceront, un falcó, un gladiador i un lleó?

–Au, vinga, no diguis bestieses –va respondre–. I agafa't fort, que encara cauràs.

L'Emperador va continuar endavant.

Corrent sense parar.

Cada vegada érem més a prop de la tempesta.

Els llamps i els trons estaven a punt de caure'ns al cap.

Vaig somriure.

I em vaig sentir bé.

Els Vallbona tornàvem a estar junts.